插图本中国古典文学丛书

诗经

陈虎／主编
何海燕／著

河北出版传媒集团
河北教育出版社

图书在版编目（CIP）数据

诗经 / 何海燕著 ; 陈虎主编 . -- 石家庄 : 河北教育出版社，2022.3
（插图本中国古典文学丛书）
ISBN 978-7-5545-6946-7

Ⅰ. ①诗… Ⅱ. ①何… ②陈… Ⅲ. ①《诗经》－诗歌研究 Ⅳ. ① I207.222

中国版本图书馆 CIP 数据核字（2022）第 022384 号

书　　名　诗　经
　　　　　SHIJING
主　　编　陈　虎
作　　者　何海燕

策　　划　刘贵廷　王书华
责任编辑　付宏颖
装帧设计　郝　旭
出　　版　河北出版传媒集团
　　　　　河北教育出版社　http://www.hbep.com
　　　　　（石家庄市联盟路705号，050061）
印　　制　保定华升印刷有限公司
开　　本　880毫米×1230毫米　1/32
印　　张　7.25
字　　数　138千字
版　　次　2022年3月第1版
印　　次　2022年3月第1次印刷
书　　号　ISBN 978-7-5545-6946-7
定　　价　39.00元

总　序

汉字是世界上最古老、最悠久的一种语言文字，也是世界文明园地中表现力最丰富的一种交流工具。用这种最富表现力的工具作为载体的中国古代文学，也就必然具有与世界其他文学样式所不同的思想、艺术特征。由于中国社会是带着强烈的人文、理性色彩进入阶级社会的，所以在此土壤中生长出来的各种文化因素都无一例外地带有其鲜明的本质特征。中国的古代文学也不例外，她作为世界上最悠久的文学样式之一，带着鲜明的人文色彩和理性精神，经历了三千多年的持续发展历程，以其辉煌的成就，已成为中国传统文化中一支散发着奇异馨香的奇葩，成为全人类文化遗产中的艺术瑰宝。

产生于浓厚人文、理性色彩这一肥沃土壤中的中国古代文学，极为重视文学作品的思想性，强调文以载道的教化作用，所以在内容上偏重于政治和伦理道德主题。将文学视为政治的附庸和说教，一直被当作一种无可非议的价值倾向。所以，君臣的遇合、民生的苦乐、宦海的浮沉、战争的胜败、国家的兴亡、人生的聚散、纲常的序乱、伦理的向背等，一直是中国古代文学的主旋律，无论是诗歌、散文、小说还是戏曲，大都如此。这一方面使得中国古代文学蕴涵着浓郁的政治热情、进取精神和社会使命感，另一方面又强烈地抑制了古代文人自我情欲的释放、自由个性的迸发以及自我意识的开掘，尤其是“存天理、灭人欲”的社会观念的束缚，使中国古代文学完全被笼罩在了理性主义的烟霭之中。从春秋战国时期如处子、名媛般的《诗经》《楚辞》，汉魏六朝的丰碑巨制，唐诗、宋词的不朽咏唱，悲怆倾诉的元曲，一直到明清时期的人生画卷，无不表现了先哲先贤们对社会、对国家、对民族的激越情怀，以及对宇宙世界的无限期待，从中透露着千古风流人物的奋斗历程，以生动而具象的形式体现了中国文化的基本精神和中华民族的文化心理特征，广泛而深刻地反映着中国传统文化其他部分的内容，使人们深切地领略到了中华民族文化的博大久远。这是我们中华民族的骄傲，更是我们民族赖以凝聚、发展、强盛的巨大能源所在。

作为中国传统文化中最重要、最具活力的组成部分，中国古代文学又生动而深刻地体现着中国文化的基本精神，对现代中国乃至世界文明的发展都产生了广泛而深远的影响。唐诗、宋词中的名篇警句至今脍炙人口，元杂剧、明清小说中的故事、人物至今家喻户晓，其中所蕴涵的审美功能和认识功能历久弥新。因此，中国古代文学作为中国传统文化中最容易为现代人理解、接受的一种文化形态，是现代人与传统文化之间实现沟通的最直接的桥梁，也是世界其他文化背景下的人们了解中国文化的最佳窗口。

在科学技术迅猛发展的当代社会，人们的生活、观念正发生着巨大而深刻的变革，面对纷至沓来的现代科技和汹涌而至的各种思潮，人们仍能深切地感受到中国传统文化无所不在的巨大力量。人们渴望了解这种无形的力源，于是，绚丽多姿的中国古代文学就成了人们首要的注目之所。但由于各种原因所致，以往有关中国古代文学的诸多著作物，基本上都是写给那些从事专业研究者的，其中承载了过于厚重的道德和伦理内涵，因而理论性太强，显得生硬枯燥，将文学史上生动活泼、充满人间喜怒哀乐的鲜活笼罩在了黑厚的布幕之下。通过这些厚重的学术著作，人们根本无法了解鲜活、丰润的中国古代文学。而那些林林总总的古代诗、文选译本，又显得过于割裂和琐碎，读者很难从中领略中国古代文学活脱的发展脉络。因此可以说，目前社会上很难找到适合于普通读者需要的有关中国古代文学的趣味性读物，于是我们策划了这套《插图本中国古典文学丛书》。丛书共十本，是面向具有中等以上文化程度的读者介绍中国古代文学基本知识的图文并茂的大众普及性读物，主要内容包括按照历史发展线索，介绍中国古代文学体裁方面的基本知识，以及相关作家、作品对其产生的影响等，基本涵盖了传统学术话语里中国古代文学中最精彩、最具吸引力而又最为人们喜闻乐见的内容。

陈虎

2021年6月

前　言

两千多年前，我国第一部诗歌总集问世，以其卓越的风姿拉开了诗的国度的序幕，这就是我们今天熟知的《诗经》。只是它最早的名字并不叫《诗经》，而是叫《诗》或《诗三百》，至西汉儒家奉之为经典，始有《诗经》之名称。

一开始，诗是先民“饥者歌其食，劳者歌其事”的自然吟唱，本能歌舞，西周的统治者为了以观民风，派人采收起来再经乐官之手便结成了这部诗集。诗集的诞生既然是为着政治的功用，它的文学价值便退隐到了背后。在先秦，它的音乐作了宴饮与祭祀的曲目，它的文字作了贵族子弟的教科书。到了汉代，尊奉儒术的统治者为着孔子与《诗》的关系，将之奉为经书，好端端的诗歌便成了正襟危坐的经典，作了教化的工具。无数人将毕生的精力奉献给了它，只为去寻找圣贤之意。在众多的说解中，齐、鲁、韩、毛四家《诗》脱颖而出，引领着汉代《诗经》学的风骚，遗憾的是齐、鲁、韩三家终没能敌过《毛诗》的魅力，相继湮灭于历史的尘埃中，唯留下《毛诗》一枝独秀到今朝。

经学家在训诂考据中爬梳着《诗》中的微言大义，理学家在章句解读中寻找着养心之道，他们牢记的都是孔子温柔敦厚的传统诗教，而遗忘了《诗经》最初的诗性之美。文学家们却总能以他们独到的眼光，发现诗中文与意的双重之美，并发扬光大。后世的诗无不是如此般花开花谢，花谢花开，走不出《诗经》的羁绊。

不管前人对《诗经》作什么样的解读，都是时代的需要与使然。我们不必顶礼膜拜，也不必嗤之以鼻，每个时代、每个人心中都有他们自己的诗。

我心中的《诗经》，是先民跳动的灵魂，是先民真挚的情感，是先民多彩的生活。在每一首诗里都有一个动人的故事，每个故事背后都是先民鲜活情感的真实流露。情动于中，歌以咏之，他们用朴素的歌声唱出了最动人的喜怒哀乐与悲欢离合。

纯美的爱情故事，有“有女如云……匪我思存”心无旁骛的专情，有“汉之广矣，不可泳思”追求无果的怅惘，有“穀则异室，死则同穴”大胆热烈的殉情。丰富的婚姻故事，有“巧笑倩兮，美目盼兮”的薄命红颜，有“桃之夭夭，灼灼其华”的幸福新娘，有“予美亡此，谁与独处”生死悬隔的凄凉。沉重的战争徭役故事，有“我心伤悲，莫知我哀”的心灵创伤，有“岂曰无衣，与子同袍”的沙场豪情，有“日之夕矣，羊牛下来”的亘古守望。多彩的农事田猎故事，有

“十亩之间，桑者闲闲兮”的悠闲与浪漫，有“无衣无褐，何以卒岁”的艰辛与苦涩，有“萧萧马鸣，悠悠旆旌”的壮观与和乐。细腻的感怀伤时故事，有“蜉蝣之羽，衣裳楚楚”的绚烂与无奈，有“心之忧矣，其谁知之”的独醒哀伤，有“知我如此，不如无生”的衰世咏叹。温暖的亲情故事，有“我送舅氏，悠悠我思”超越利益的温馨，有“载驰载驱，归唁卫侯”的娘家牵挂，有“哀哀父母，生我劬劳”的孝道与感恩。还有许多的故事让我来不及细细品读。

对《诗经》原意的追求是永恒的，赋予《诗经》新的生命也是必然的。我试图在两者之间寻找完美的结合点，却不意成了这样的素颜，不知道那些作古的诗人是否会哂然一笑。

在世俗纷扰的今天，泡一杯清茶，读一读“执子之手，与子偕老”“昔我往矣，杨柳依依”这样的真情诉说，便有了回归原初真实的冲动。在繁华落尽之时，《诗经》的那份真淳就分外动人了。

走下神坛的《诗经》没有了往日的神圣，却依旧有着摄人心魂的美。

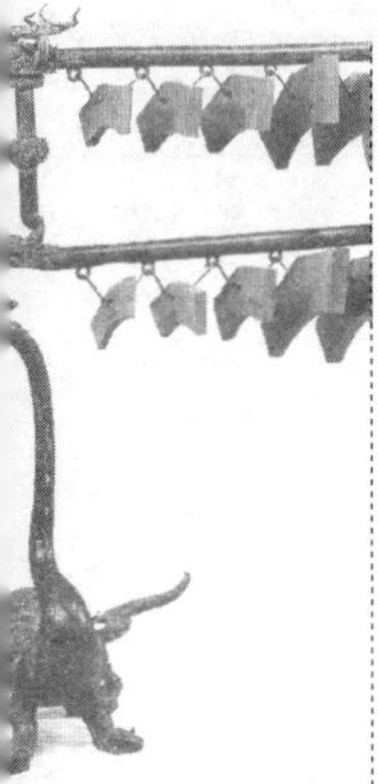

目　录

肆　婚姻故事

伍 战争徭役故事

陆 农事田猎故事

柒 感怀伤时故事

捌　亲情故事

壹

自然之音

——经典以前的《诗》

（一）《诗经》原来叫《诗》和《诗三百》

《诗经》是中国最早的一部诗歌总集，收录了从西周初年至春秋中叶年间的诗歌，共311篇，其中6篇为笙诗（只有标题，没有内容），故实际上只有305篇，是先民情志自然抒唱的结晶。一开始，它并不叫《诗经》，而是叫《诗》和《诗三百》，《诗经》的名字是汉代才有的。

◎《诗经》书影

在传世的先秦典籍如《左传》《国语》《论语》及其他诸子著作中凡提到《诗经》时，或称《诗》，或称《诗三百》，可见《诗》《诗三百》才是它的本名。

《诗》被称作“经”，离不开孔子的倡导。孔子尝言：“不学《诗》，无以言。”将《诗》和《书》《礼》《易》《乐》《春秋》作为教授弟子的教本。汉代大兴儒学，孔子被奉为圣人，这几部教本因了孔子的主张被尊为经典，《诗》便被称为《诗经》了。

“经”有着什么特殊的含义呢？东汉文字学家在《说文解字》中解释为：“经，从织也。”经最初其实是指织布时的竖

◎《删述六经图》

线，与纬线相对而出，但是经线更为重要，因为只有先把竖线排好了，才能用横着的纬线织出布来。故而经是织布中最基本也是最关键的东西，关乎着织布的成败。古人便由此引申出经是社会得以稳定运转的基本文献，而儒家的这些著作正好能担此重任，从此经便成为儒家经典的专称。《诗》在西汉成为经后，解说者众多，出现了最有名的齐、鲁、韩今文三家诗和古文《毛诗》，可惜三家诗自魏代开始相继亡佚，单剩下《毛诗》流传至今。故《诗经》还有一个名字叫《毛诗》。

经学家把《诗》当作了治世的良方，《诗》的地位是越来越高了，但它那曾经响彻于先秦大地的天籁之音的美却逐渐退出人们的视线，渐行渐远。

（二）《诗经》是怎么结集而成的

《诗经》由《风》《雅》《颂》三部分组成，《风》有160篇，包括十五《国风》；《雅》分《大雅》《小雅》，共105篇；《颂》有《周颂》《鲁颂》和《商颂》，计40篇。这三部分不仅在内容风格上各有差异，而且在音乐上也各具特色。合乐而歌是《诗经》原初的风貌。十五《国风》是合具有地方特色的音乐而唱，《雅》是用西周都城镐京（今陕西西安西）的曲调谱写的，《颂》因为是用来敬神祭祖的，所以音乐庄严、肃穆、和缓。《诗经》的音乐性让它在书写物质匮乏的时代得以传诵下来，当书写条件日益改善后，《诗经》便也失去了它的音乐美。

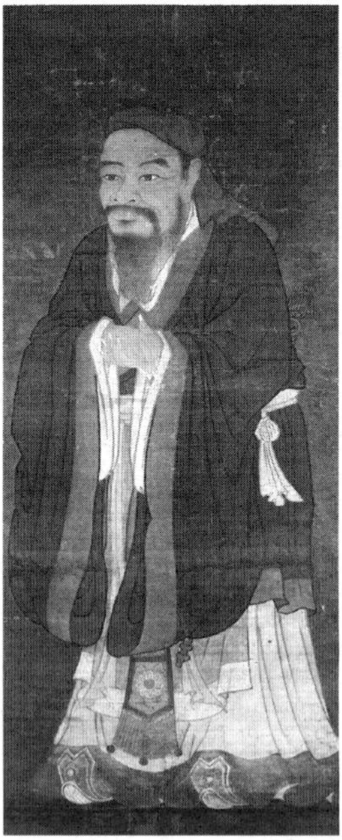
◎ 孔子

在交通极为不便的条件下，这些

地域辽阔且时间跨度也很大的诗篇，是如何结成一本集子的呢？现在依然是谜一般的存在，不过迷雾下总还有一些可以寻觅的踪迹。

一说公卿列士献诗。《国语》两次提到王者命公卿列士献诗之事。《国语·周语》说："故天子听政，使公卿至于列士献诗。"《国语·晋语》说："古之王者，德政既成，又听于民。于是乎使工诵谏于朝，在列者献诗。"天子为了了解社会政治情况，于是让公卿大夫等各级官员进献诗歌，所献之诗是自己所作还是收集而来，不得而知。

一说王者采诗。《汉书·艺文志》载："故古有采诗之官，王者所以观风俗，知得失，自考正也。"《汉书·食货志》有更详细的描述："孟春之月，群居者将散，行人振木铎徇于路以采诗，献之太师，比其音律，以闻于天子。故曰：王者不窥牖户而知天下。"先民将自己生活中的喜怒哀乐自由地抒唱出来，天子派人将这些诗歌采集回来，从他们的歌唱中了解百姓的生活及风土人情，考察政治上的得失，以便及时地调整政策。

不管是献诗还是采诗，都会经过乐师之手，对音乐和歌词进行调整，使之更加雅正，再由太师们把关，整理好后进献给天子。朱自清在《经典常谈》中指出，春秋时各国都养了一班乐工（类似后世大户人家的戏班子），负责人便是太师。当时各国使臣往来，宴会时都得奏乐唱歌。太师们不但得搜集本国乐歌和别国乐歌，还得把官员赋的诗记录并保存下来，便于天子足不出户能知天下事。

这些采献而来的诗歌，再由各国乐师及周太师进行正乐及加工，经过几番整理后才编辑而成。当今学者普遍认为《诗经》至少经过了三次重大的编辑和整理才得以定稿。从史书记载的列国王者及士大夫在各种场合引《诗》赋《诗》来看，春秋中后期《诗经》的定本已最后形成。

◎《伏生授经图》

（三）《诗经》的作者究竟是谁

有献诗者，有采诗者，有辑录者，有整理者，《诗经》每首诗的作者究竟是谁，除了少数诗篇有迹可考外，大多数诗篇的作者都邈远难寻。实因《诗经》非一时一地一人所作，绝大多数是集体创作的结果。

◎《〈小雅·四牡〉图》

在《诗经》中，只有5篇在文本中直接标明了是谁写的，分别为：

> 家父。《小雅·节南山》："家父作诵，以究王讻。"
> 孟子。《小雅·巷伯》："寺人孟子，作为此诗。"
> 吉甫。《大雅·崧高》："吉甫作诵，其诗孔硕。"
> 吉甫。《大雅·烝民》："吉甫作诵，穆如清风。"

奚斯。《鲁颂·閟宫》："新庙奕奕，奚斯所作，孔曼且硕，万民是若。"

这5篇中除了吉甫为今人确证为周太师尹吉甫外，其他三人也是只知其名，不知其人。

通过其他文献可以确定诗篇作者的还有：

1. 许穆夫人作《鄘风·载驰》

《左传·闵公二年》载："许穆夫人赋《载驰》。"许穆夫人是卫昭伯的女儿，卫戴公的妹妹，许国国君的夫人，哀母国失国却无法前往救助所作。

2. 周公作《豳风·鸱鸮》

《尚书·金縢》记载，周公替周成王平定管叔和蔡叔的叛乱后，写下《鸱鸮》诗献给成王，诗有言："迨天之未阴雨，彻彼桑土，绸缪牖户。"以孩子被掠夺后哀伤不已但仍辛勤筑巢的母鸟，比喻鞠躬尽瘁、忠心耿耿的自己。

3. 卫武公作《大雅·抑》

《国语·楚语》载，卫武公作为周朝的元老，经历了厉王、宣王、幽王、平王四朝，厉王因暴虐而被流放，宣王贤明迎来中兴，幽王惑于妲己而覆国，等他扶持平王继位时，平王却依然施政不当，彼时的卫武公已八九十岁了，垂垂老矣，不禁悲从中来，写下了这首诗。

4. 周公作《周颂 · 时迈》

《国语 · 周语》载周穆王想要攻打犬戎，祭公谋父劝阻他时便引用了周公的这首诗，劝谏他别滥用武力，而应保有美好的德行，从而使周朝世代昌盛。

◎ 曲阜周公庙的制礼作乐坊

由之可见，已知的作者皆为上层贵族。《诗经》中还有众多被淹没的作者，他们的身份各异，《国风》中以普通民众居多，《雅》《颂》中则以贵族为主，既有上层的公卿，又有下层的士子。旧说全是王公大人所作，并无十分确凿的证据。

（四）韵律与情感的浑融美

《诗经》最开始是可以合乐而歌的，句式整齐、重章叠唱、韵律和谐是其主要特征。句式以四言为主，间或有其他杂言形式，但所占比例极小。用韵的格式多样化，随口用韵，随时转韵，诗歌的情感往往随韵律起伏，自然地与之融合在一起，如天籁之音唱响在先秦的大地上。

1.《诗经》节奏与情感的和谐

《诗经》里的诗歌往往是二二节拍，具有很整齐的节奏感。如开篇的《周南·关雎》："关关雎鸠，在河之洲。窈窕淑女，君子好逑。"传达出的是一种较为固定、起伏不大的情感，使得诗歌具有纯净和厚之美。也有四言为其他节拍的，如《魏风·伐檀》中的"彼君子兮，不素餐兮"，前一句为一二一节拍，后一句为二一一节拍，情感随着节奏的变化起伏跌宕，人人称赞的君子竟然是厚颜无耻的剥削者，诗中充满了诗人对贪婪者的控诉和责问。其他杂言诗中的节奏则更为多变，情感也表现得更为激烈。如《邶风·式微》："式微，式微，胡不归？微君之故，胡为乎中露！式微，式微，胡不归？微君之躬，胡为乎泥中！"其采用二、二、三、二二、三二节拍，用反问句式将诗人内心强烈的不满抒发了出来。

《诗经》还善用虚字“兮”来变换节奏，使得诗歌的情感深长、悠远。如《魏风·十亩之间》：“十亩之间兮，桑者闲闲兮，行与子还兮。十亩之外兮，桑者泄泄兮，行与子逝兮。”因为比四言多了一个“兮”字，整首诗的节奏就更为舒缓，劳作后闲适的心境及结伴归家的喜悦之情跃然纸上，并随着“兮”字流转得更为悠长。

2. 押韵形式的多样化

《诗经》305篇里只有7篇全不用韵，其他的都用韵。《诗经》中有一韵到底的，有中途转韵的，最常见的押韵方式则是隔句押韵。一韵到底的，情感一直随之回旋往复，使得主题不断被强化。如《陈风·月出》：

◎《〈陈风·月出〉图》

月出皎兮，佼人僚兮。舒窈纠兮，劳心悄兮。

月出皓兮，佼人懰兮。舒忧受兮，劳心慅兮。

月出照兮，佼人燎兮。舒夭绍兮，劳心惨兮。

形容月色的“皎”“皓”“照”，形容容貌的“僚”“懰”“燎”，形容体态的“窈纠”“忧受”“夭绍”，形容心情的“悄”“慅”“惨”，在古音韵中或属宵部或属幽部，而宵、幽韵可通，此诗通篇一韵到底，犹如通篇的月色一样和谐，又犹如通篇的美人让人难以忘怀。

中途转韵的，更生一层波澜，使诗情诗意更有韵味。如《秦风·蒹葭》：

蒹葭苍苍，白露为霜。所谓伊人，在水一方。溯洄从之，道阻且长。溯游从之，宛在水中央。

蒹葭萋萋，白露未晞。所谓伊人，在水之湄。溯洄从之，道阻且跻。溯游从之，宛在水中坻。

蒹葭采采，白露未已。所谓伊人，在水之涘。溯洄从之，道阻且右。溯游从之，宛在水中沚。

第一章以ang为韵，后两章转以i为韵，诗歌的情感从清长悠远变得急促怅惘，富有跌宕之美。

3. 韵律的复沓之美

以重章叠句的形式反复吟咏是《诗经》的一大特色，在多章重唱中使得诗歌形成一种自然的复沓之美，一唱三叹，大有余音绕梁之美。如《周南·桃夭》：

桃之夭夭，灼灼其华。之子于归，宜其室家。
桃之夭夭，有蕡其实。之子于归，宜其家室。
桃之夭夭，其叶蓁蓁。之子于归，宜其家人。

三章除每章第二句不同外，其他都基本相同，只最后一句变换一字。从桃花到桃实再到桃叶，在对新嫁娘美貌的反复渲染中，寄托着对她婚后和美生活的衷心祝福。

◎ 曾侯乙编磬

除此之外，重言、双声和叠韵词的使用也使得诗韵味无穷。重言如关关、采采、夭夭、灼灼、依依、霏霏等，双声如参差、差池、踟蹰、流离、荏苒、黾勉等，叠韵如窈窕、逍遥、夭绍、玄黄、崔嵬等。这些词摹形绘声，生动形象，韵味十足。尤其是拟声词的使用，有的铿锵，有的低沉，有的细微，有的婉转，与诗歌的情感搭配在一起，似天籁之声从诗中流出。如《小雅·伐木》中的“伐木丁丁”“伐木许许”“鸟鸣嘤嘤”“坎坎鼓我”，力量十足节奏十足的伐木声、鸟儿合鸣的柔叫声，还有热闹响亮的阵阵鼓声，使诗歌充满了欢宴的气氛。

贰

风雅百代长

——《诗经》的基本概念

（一）六义之说

说到《诗经》，六义是绕不开的话题，无论是经学史还是文论史都论之不绝。究竟什么是六义呢？

风、雅、颂、赋、比、兴合称六义，风、雅、颂是指《诗经》结集后的三大组成部分，赋、比、兴则是后人总结出来的《诗经》艺术表现手法。一个是内容的划分，一个是技艺的提炼。

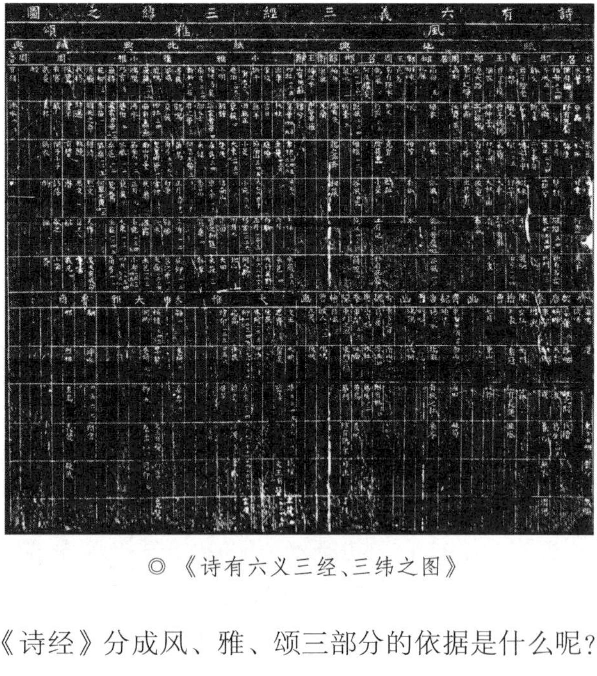
詩有六義三經三緯之圖

◎《诗有六义三经、三纬之图》

《诗经》分成风、雅、颂三部分的依据是什么呢？首先是音乐性质的不同，其次才是诗歌内容的差异。《风》是十五个不同地区的乐歌，是从周南、召南、邶、鄘、卫、王、郑、齐、魏、唐、秦、陈、桧、曹、豳采集而来的土风歌谣，共计160篇。《雅》是宫廷宴享或朝会时的乐歌，是周王朝直接管辖区域的正声雅乐，大部分是贵族创作的。《雅》按音乐的不同，分为《大雅》31篇，《小雅》74篇，共计105篇。《颂》是宗庙祭祀的乐歌，内容多是赞颂神灵、歌颂祖先功业，都是由贵族创作而成的。其分为《周颂》31篇、《鲁颂》4篇、《商颂》5篇，共计40篇。

赋、比、兴究竟指的是什么艺术表现手法呢？在诗歌中起到了怎样的作用呢？

首先来看赋，所谓赋是指铺陈直叙，就是很直接地描述事物或抒发情感。这并不代表将赋等同于平铺直叙的流水账，没有艺术性。在《诗经》的许多篇章中，赋法的使用是非常高超的，常常使诗歌充满了画面美和意境美。如《豳风·七月》以蟋蟀写节候的变化就分外生动，“七月在野，八月在宇，九月在户，十月蟋蟀入我床下”。天热时，蟋蟀在外自由地活动，天慢慢变凉了，蟋蟀便蹦跶到了屋檐下，再冷了就进门了，接着就躲到了温暖的床底下。写得动感十足，野趣盎然。还有《王风·君子于役》，整首诗用赋法描绘了一幅动人的乡村黄昏怀人的晚景图。“日之夕矣，羊牛下来”“君子于役，如之何勿思”，黄昏意象的使用与女子思夫的呐喊交织在一起，构成了极富感伤色彩的意境美。最典型的是《卫风·氓》，女子在回忆自己的婚恋经历时，选取的事件和情景都十分典型，“子无良媒，秋以为期”，把女子奋不顾身的爱和男子的窘迫被动生动地展现在了我们面前，也为后面的悲剧埋下了伏笔。赋是《诗经》中最基本的表现手法，也是运用最多的表现手法。明谢榛《四溟诗话》尝言：“予尝考之《三百篇》：赋，七百二十；兴，三百七十；比，一百一十。”该句话道出了赋的使用之广。赋的使用也较为灵活，可以叙事抒情，也可以描景状物，简洁的语言中含蕴丰厚，意味无穷。

◎《纺车图》

其次来看比，所谓比通俗地说就是打比方，即东汉郑众所言“比方于物”。《诗经》中用比喻的地方也很多，明喻、暗喻、隐喻、借喻、博喻，一句用喻、片段用喻乃至全篇用喻皆有。《诗经》中的比带有浓郁的时代文化特征。如《邶风·谷风》在抒写女子被弃的惨境后，转而写前夫与新娶妇如胶似漆的恩爱，“宴尔新婚，如兄如弟”，以周代最为重视的血缘宗亲中亲密的兄弟关系比喻夫妻之情，写尽了新人的甜蜜和旧人的苦楚。《诗经》时代的人们善由生活中常见的自然之物写人间之情之物。如同是《邶风·谷风》中的“谁谓荼苦，其甘如荠”，荼菜的口感本是极苦的，但女子吃起来却觉得比荠菜还要甘甜，实则是她的心比那苦菜还要苦。在日常不经意的比方中动人心魂，实在是太高明了。

还有《卫风·硕人》的片段用比，也是极为精妙的。“手如柔荑，肤如凝脂，领如蝤蛴，齿如瓠犀，螓首蛾眉”，全以自然界与生活息息相关的动植物起兴，生动形象且富有生活气息。以柔荑喻美人之手，以凝脂喻美人之肤，以蛾喻美人之眉，皆已成千古之颂。《周南·汉广》反复咏叹“汉之广矣，不可泳思。江之永矣，不可方思”，以江、汉之水的浩瀚比喻游女的不可追求，望洋兴叹的怅惘跃然而出。

通篇用比者虽不多见，先民的生活智慧却无处不在。《鄘风·相鼠》“相鼠有体，人而无礼。人而无礼，胡不遄死？”以见到人尚会打拱作揖的大老鼠为比，讽刺自诩文明的人却不知礼仪，这比喻不得不让人拍案叫绝，骂得太痛快了。《豳风·鸱鸮》以凶狠的猫头

◎《〈豳风·鸱鸮〉图》

鹰比喻残忍的施暴者，以大鸟喻苦楚而依然坚韧的老百姓，读来有如泣如诉之感。

自然与生活皆是比喻的源泉，以惯常之物喻难言之情、难描之物、难状之理，自会生动平易。正如东汉王符《潜夫论》所言："夫譬喻也者，生于直告之不明，故假物之然否以彰之。"比喻的巧用让诗具体可感，富有情韵。

最后是兴，兴是最具意味同时也是最难解的。朱熹《诗集传》言："兴者，先言他物以引起所咏之辞也。"先有对事物的描述再由之触发内心的情感，形之于诗歌，有着以物起兴，托物言情的作用，故多在一首之开头或一章之开头。有的只是一种发端，即只起到一个起头的作用，同下文并无实际的联系。如《陈风·东门之池》开头"东门之池，可以沤麻"，与下文"彼美淑姬，可与晤语"，我们很难找到它们彼此间的意思关联，其作用仅是调节韵律，唤起情绪。当然也有可能是两者之间的关联隐没于历史中，难于寻觅，故不得而知。

◎《〈陈风·东门之池〉图》

《诗经》中的兴，与后文密切关联的有如下两种情况：

其一，比附象征中心题旨。最典型的就是《王风·黍离》：

彼黍离离，彼稷之苗。行迈靡靡，中心摇摇。知我者，谓我心忧；不知我者，谓我何求。悠悠苍天，此何人哉？

彼黍离离，彼稷之穗。行迈靡靡，中心如醉。知我者，谓我心忧；不知我者，谓我何求。悠悠苍天，此何人哉？

彼黍离离，彼稷之实。行迈靡靡，中心如噎。知我者，谓我心忧；不知我者，谓我何求。悠悠苍天，此何人哉？

郁茂的黍稷是繁华荡尽后的沧桑，与反复咏叹的哀情联结在一起，构成黍离之悲、亡国之恨的主题，并被后世诗歌不断地抒写着。

◎ 蒹葭

其二，烘托渲染环境气氛。如《秦风·蒹葭》以“蒹葭苍苍，白露为霜”起兴，描绘了秋天苍茫清冷的水边图景，在形成缥缈朦胧的诗境之美时，烘托渲染了觅之不得的怅惘心境。再如《唐风·葛生》开头“葛生蒙楚，蔹蔓于野”，描绘了一幅荒野空旷之下野藤蔓延的冷落凄清景象，渲染了一种无端的悲情，正与下文的伤悼之情融合在一起，使诗歌愈显悲切。

明代谢榛在《四溟诗话》中说：“凡作诗，悲欢皆由乎兴，非兴则造语弗工。”《诗经》中兴的运用使得诗歌更为含蓄隽永，意味无穷，自有一种意境之美。

《诗经》的兴还往往和比交织在一起，构成中国文学史上最有名的比兴手法，于诗歌意境的营造功莫大焉。清代沈德潜《说诗晬语》说：“比兴互陈，反复唱叹，而中藏之欢愉惨戚，隐跃欲传。其言浅，其意深也。”比兴的确堪称“诗学之正源，法度之准则”。

《诗经》之六义说从内容与形式两方面给后世文学立下了标杆，“经之于六义”成为文学创作的根本，长存不衰。

（二）思无邪与《诗》之教

孔子在《论语·为政》中言：“《诗》三百，一言以蔽之。曰：思无邪。”孔子认为《诗经》的思想纯正而不歪邪，符合儒家的政治道德标准，可用来施与王道教化。《诗经》里是不是每首诗都纯正无邪，是不是都是孔子所说的“乐而不淫，哀而不伤”呢？回答是否定的。且看《齐风·敝笱》：

敝笱在梁，其鱼鲂鳏。齐子归止，其从如云。
敝笱在梁，其鱼鲂鱮。齐子归止，其从如雨。
敝笱在梁，其鱼唯唯。齐子归止，其从如水。

这首诗以破鱼篓里鱼儿随便进出，暗指齐文姜不检点，与哥哥姜诸儿乱伦的丑恶行为。还有《鄘风·相鼠》对那些不讲礼仪的人高呼“不死何为”，责骂极狠，全无中和之美。于是为了维护圣人之言，《毛诗序》提出美刺之说，把那些看起来不雅正的诗说成刺。“《敝笱》，刺文姜也。齐人恶鲁桓公微弱，不能防闲文姜，使至淫乱，为二国患焉。”用刺的方式揭露人的丑行，使闻之者以为戒，达到警示及教化的目的，而不至于误入邪僻。亦如郑玄所言：“论功颂德，所以将顺其美；刺过讥失，所以匡救其恶。”美好的加以歌颂，丑恶的加以批判和揭露，有利于提升道德修养，规范人的社会行为。与孔子提出的“温

◎《在齐闻韶图》

柔敦厚，《诗》教也”的观念是相吻合的。

在孔子“《诗》教”思想的基础上，《毛诗序》进而演绎为：“正得失，动天地，感鬼神，莫近于诗。先王以是经夫妇，成孝敬，厚人伦，美教化，移风俗。”以《诗经》之无邪情感匡正夫妇之道，维护家庭伦理关系的稳定，使社会风气向着好的方向改变，更为明确地将《诗经》作为社会教化的重要工具。到了朱熹那里依然认为《诗经》这部经典是“人事浃于下，天道备于上，而无一理不具也”，是修身齐家治国平天下的必备之书。

“思无邪”及“《诗》教”观的提出，皆意识到了《诗经》的抒情特征，只是并未把情纳入文学审美体系，而是纳入社会伦理范畴，把个体的自然情感变成道德情感进行政治教化，辅于治国。故早期重视的是“诗言志”，《毛诗序》言：“诗者，志之所之也，在心为志，发言为诗。”志即是指符合伦理道德的思想志向。不过《毛诗序》紧接着又说：“情动于中而形于言。”肯定了《诗经》兼情志的特性，但又言“发乎情，止乎礼义”，以礼约束了情感，从而用《诗经》完成“风化天下”的重任。这种以诗歌了解社会干预政治的传统为后世文学所承接，形成了文以载道而又述志咏怀的抒情传统。当然很多时候，情符合的是“思无邪”与“温柔敦厚”的要求，后世偶有突破者，但情感归于正总是要有的。

◎《聘礼行迎图》

（三）以意逆志与诗无达诂

如何解读《诗经》，古人早已探讨。春秋战国时期，以断章取义的方式引《诗》赋《诗》蔚然成风。不顾及诗篇全文的意思，忽视诗中特有的语境限制，只是借诗来阐发自己的情志或作为外交的辞令，充满了主观性和随意性。如《国语·晋语》载齐姜见重耳在齐国安享生活，磨掉了复国大志，于是劝道："怀与安，实疚大事。《郑诗》云：'仲可怀也，人之多言。亦可畏也。'"所引乃《郑风·将仲子》中的诗句，本是郑地的女子抒写自己想和翻墙前来的仲子约会，但又担心邻里的人说闲话的矛盾心理，此处齐姜却忽略了特有的恋爱语境，将之变成了让重耳不要只贪图享受，也要考虑到他人的感受的劝诫之语。孔子、孟子等先贤也都以这种方式引《诗》为用，后来孟子在与咸丘蒙论《诗》时，提出了著名的"以意逆志"理论，其核心思想是说《诗》"不以文害辞，不以辞害志"，应超越单纯的训诂文字、诠释词语的范围，善于以己意去领会作者之心志。这是一种灵活的解诗理念，肯定了读者的主观能动作用。“诗无达诂”是汉代董仲舒针对先秦断章取义引《诗》赋《诗》特点总结而出，认为每首诗都具有开放性的结构，没有定说和定解，只要本着《诗经》为治世所用的目的即可，为断章取义找到了合理的理论支持。

这本是为先秦说《诗》张本的理论，后来却不意成为诗歌欣赏应遵循的原则。在艺术鉴赏中，由于诗的含义常常并不显露，诗的背景也无迹可寻，就出现了白居易在《与元九书》中所言“兴发于此，而义归于彼”的情况，故一首诗往往因读者不同理解也千差万别。清代王夫之《诗译》言：“作者用一致之思，读者各以其情而自得。”即道出了“以意逆志”与“诗无达诂”的精髓。这与西方所说的“一千个读者，就有一千个哈姆雷特”的诠释理论不谋而合。而这也正是《诗经》和其他文学作品的魅力所在。

叁 爱情故事

（一）窈窕淑女，君子好逑：男人心中的完美女人

自古良马配好鞍，好女配好男。好女用现在流行的话说便是上得厅堂，下得厨房，入得洞房，好男今天的人大多将其定义为高富帅。然而，穿过时光隧道，回到两千多年前，好女配好男，却有着全然不同的诠释，用那时的话来说便是“窈窕淑女，君子好逑”。

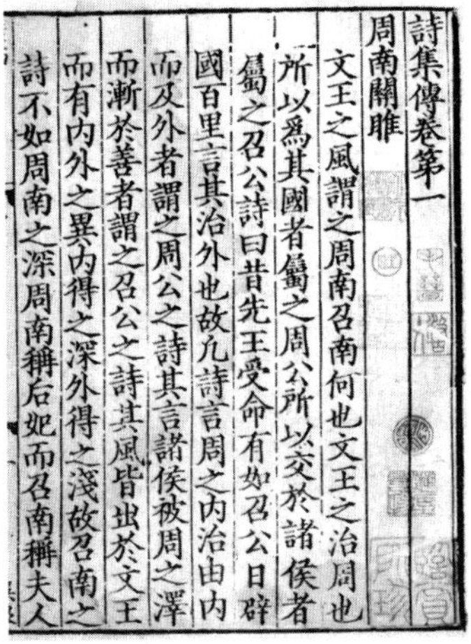

詩集傳卷第一
周南關雎
文王之風謂之周南召南何也文王之治周也
所以爲其國者屬之周公所以交於諸侯者
屬之召公詩曰昔先王受命有如召公日辟
國百里言其治外也故凡詩言周之内治由内
而及外者謂之周公之詩其言諸侯被周之澤
而漸於善者謂之召公之詩其風皆出於文王
而有内外之異内得之深外得之淺故召南之
詩不如周南之深周南稱后妃而召南稱夫人

◎ 筠州公使库刻本宋苏辙撰《诗集传》书影

“窈窕淑女，君子好逑”，便是出自《诗经》首篇《周南·关雎》。这首诗十分通俗易懂。

关关雎鸠，在河之洲。窈窕淑女，君子好逑。
参差荇菜，左右流之。窈窕淑女，寤寐求之。
求之不得，寤寐思服。悠哉悠哉，辗转反侧。
参差荇菜，左右采之。窈窕淑女，琴瑟友之。
参差荇菜，左右芼之。窈窕淑女，钟鼓乐之。

译成现代文便是：

关关鸣叫的雎鸠，停留在河中的沙洲中。娴雅善美的好姑娘，她是好男儿追求的对象。长长短短的荇菜，姑娘左右忙着采。娴雅善美的好姑娘，我日夜都想得到她。追求不能遂心愿呀，我日夜都在想着她。相思之情止不住呀，翻来覆去睡不着。长长短短的荇菜，姑娘左右忙着采。娴雅善美的好姑娘，我用琴瑟吸引她。长长短短的荇菜，姑娘左右忙着采。娴雅善美的好姑娘，我拿钟鼓打动她。

这诗记载了一个纯美的追求爱情的故事。一日，一位正值适婚年龄的美男子徜徉在黄河水畔，当雎鸠鸟雄雌相依，关关鸣叫之时，一位在河边采荇菜的女子跃入眼帘，或是女子那一低头的温柔，或是女子那一抬头的巧笑，男子的心便在那一刻随女子窈窕轻巧的身影走了。坠入情网的男子，心中怎么也抹不掉女子的身影，以至相思缠身，难以成眠。睿智的男子没有相思成病，而是鼓起勇气，大胆行动。深思熟虑后，他再一次来到河边，带着他的乐队，用那悠扬的琴瑟合鸣之声打动了女子，用那欢庆的钟鼓之声敲开了女子的心扉，最终完成了自己的心愿，抱得美人归。

用音乐赢得爱情，多么绝妙，多么浪漫！法国作曲家柏辽兹在他的回忆录中曾经说过：“音乐和爱情是灵魂的两只翅膀。”小伙子用音乐收获了爱情，心灵因此而飞扬，生活也因此而多彩。音乐与爱情似乎真是有着不解之缘，在这之后发生了多少这样的故事。西汉的辞赋大家司马相如第一次见到才貌双全、新寡在家的卓文君时，一下为之倾倒，瞬时才思泉涌，弹唱出一曲“有一美人兮，见之不忘。一日不见兮，思之如狂”的《凤求凰》，也正是这曲《凤求凰》让卓文君情不能自抑，最终抛却礼仪与之私奔，演绎了当垆卖酒的爱情佳话。而在民间，直到现在，不少地方还保留着用情歌示爱的习俗。在西方也曾一度十分流行这种示爱方式，中世纪兴起的小夜曲便是如此。那些坠入爱河的男子，常常于黄昏或夜晚来到心爱的女子窗前，倾心唱出他们的爱，以此来赢得女子的芳心。

喜欢《关雎》，不止是因为爱情关乎音乐，更是因为喜欢男子的纯粹、智慧、果敢，喜欢这诗的明净与无邪。孔子曾经说过：“《诗》三百，一言以蔽之，曰：思无邪。”（《论语·为政》）《关雎》便是代表。男子对女子的喜爱，不单是因为她的貌美，更是因为她的内在美与外在美的合一。可见男子绝不是好色之徒，而是值得托付终身的好男儿。男子对女子的追求方式也令我特别欣赏，他不是拿他的财富来吸引女子，也不是用自己的帅哥形象征服女子，更不像《召南·野有死麕》中的男子那样拿猎物来显示自己的勇猛，而是用十分高雅的方式——琴瑟合鸣、钟鼓合乐来赢得女子芳心。可见，他是一个精神世界十分丰富的人，所以用这种方式来寻找和自己心灵相依的人。他知道他看上的女子绝不是平凡的女子，不是用金钱、花言巧语可以哄骗的，而是需要用心声共鸣的。

谁曾想到，这么纯美的一首爱情诗竟成了后世树立的后妃道德典范。大家无论是读小说还是看电影、电视剧等等，最终一个男人的得失成败都关乎一个女人。这不是今人的认识，早在两千多年前的《诗经》时代人们就明白了这样的道理。《关雎》之所以作为《国风》之始，便是因为强调了妻子的重要性，强调了婚姻和谐、家庭稳固的重要性，为儒家的修身齐家治国平天下的理论奠定了基础。古人多睿智，家国天下，家庭和睦，天下自然太平。小家不安，大国自然不宁。一首无比优美的爱情诗，被赋予历史的重任，用来正夫妇之道，幸与不幸，孰难说清！

正统思想将之归为后妃之德，而它的爱情精髓却在民间传唱不衰。在湖北房县，至今传唱着《关雎》改编的民歌。“关关雎鸠一双鞋，在河之洲送过来。窈窕淑女难为你，君子好逑大不该，年年难为姐做鞋……”

（二）汉之广矣，不可泳思：世界上最遥远的距离

“世界上最遥远的距离，是鱼与飞鸟的距离，一个翱翔天际，一个却沉潜海底。”读着泰戈尔《世界上最遥远的距

◎《〈周南·汉广〉图》

离》，不由得让我想起了《周南·汉广》中的那几句诗："南有乔木，不可休思。汉有游女，不可求思。汉之广矣，不可泳思。江之永矣，不可方思。"此诗里沉淀的同样是一个悲凉而无奈的爱情故事。

汉水之畔的一位男子，出神地凝望着波光粼粼的水面，好几次他都想跳进水里，去找寻他前些时日碰见的那位如花女子，然而男子最终选择了转身离去。纵然那一刻他的内心充满了苦涩与酸楚，但他清楚地知道那终是一份可遇而不可求的情感。正如诗中一开始就唱到的那样："南有乔木，不可休思。汉有游女，不可求思。"其实，从碰见她的那一刻起，他就知道了故事注定是个悲剧，可他仍然有几分不甘心。就在那天，他在汉水边砍柴，一位如神仙般的女子飘然而至，又如风儿般消失得无影无踪。他沉寂的心便被牵动了。从那以后，他天天都到汉水边砍柴，却再也不见女子的踪影。"翘翘错薪，言刈其蒌。之子于归，言秣其驹。"好几次他都幻想着多割些荆条，多砍些柳蒿，把他的马喂得饱饱的，等找到她时好准备把她迎娶回家。每次到水边，他都怀着这样的希望。这份爱的萌动让他觉得砍柴不再枯燥，而是分外美妙。而如今这份美妙他只能默默地揣在心里了。

诗中所写那份可遇而不可求的情感，虽不如《蒹葭》中的那般缥缈奇幻，却也深沉动人。水面的浩瀚与涤荡的情思相交融，也有着几分迷漫的美。不见踪迹的游女与幻美的想象叠加在一起，又有着几分飘忽之感。男子的浪漫与理性纠葛在一起，也着实让人生出几分无奈与感慨。男子是幸运的，又是不幸的。幸运的是他找到了众里寻他千百度的姑娘，不幸的是他只能与之擦肩而过。幸与不幸往往就在是否转身两眼对望的一刹那间。遗憾的是女子没有转身，而是在江汉之地再无踪影，空留下男子孤独的身影。

诗中的男子一开始就知道爱她是一种奢望，即便是奢望还是有几分期许。在放飞自己的心，让情感暂时放纵后，男子又重回现实咏叹结局的无奈。喜欢这首诗一个很重要的理由便是，男子对待爱情一方面很理智，一方面又充满了幻想，在理想与幻想之间悠悠摇摆，乐而不淫，哀而不伤。人生倘若太务实，便少了许多的情趣；人生倘若太务虚，便少了几分真切的幸福。后人有将江渊神女的故事附会其中，演绎出郑交甫与江妃二位神女的爱情故事。传说江妃二位神女在江汉边游玩，不意碰见了郑交甫，郑交甫为她们的美色所吸引，瞬间爱上了她们，并请求她们解下佩玉以作信物。可在郑交甫欢天喜地地接过佩玉没多久，佩玉便不见了，回头一看二神女也不见了，空留下他独自惆怅。这故事美则美矣，只是太过传奇，少了诗中的真实。

真正的爱不在乎是不是长相厮守，在乎的是彼此的幸福。既然注定不能在一起，那就为彼此祝福吧，希望对方能找到好的归宿。纵然望江兴叹，那也是一种幸福的感叹。就像无花果一样，没有盛开的鲜花，照样也会结下甜美的果实。这是爱情的另一种境界。《孔子诗论》云："《汉广》之智，则知不可得也。"睿智的先贤早就参透了此诗的真意，对诗中男子的明智之举大加盛赞。学会放弃是人生的难得境界。"理性是灵魂中最高贵的因素"，脑海中闪过柏拉图的这句至理名言，内心有一种说不出的触动。

读完这首诗，我最想说的话便是：其实，世界上最遥远的距离，不是此岸与彼岸的距离，而是纵然深爱着你，却只能把你装在心底。世界上最美好的爱情，不是朝朝暮暮，而是爱过知道放手。

（三）所谓伊人，在水一方：最扑朔迷离的情怀

记得一次去磨元城西周古文化遗址参观，那天天气雾蒙蒙的，当见到低洼地里一片苍茫的白色芦苇在秋风中摇摆时，我一下就感受到了《秦风·蒹葭》中"蒹葭苍苍，白露为霜"的那份迷离与恍惚。

《蒹葭》以无比温婉细腻的笔触勾勒了一组十分凄美迷离

的动感图画，乃至后人禁不住称赞它是《国风》中第一缥缈文字。苍茫的芦苇摇曳在萧瑟的秋风中，霜露零落，清冷的秋水与天地相接，一片水朦胧、雾朦胧、蒹葭也朦胧的景象。伊人行踪不定，忽而在水中央，忽而在水之岛，忽而藏在小洲上。一位男子驾一叶扁舟，一会儿逆流而上，一会儿顺流而下，从初秋到深秋，纵是两臂酸痛，苦苦求索，却只能隐隐约约依稀遥见伊人芳踪，终不能一睹芳容，执子之手，空留下多少怅惘和遗恨。

追求与阻隔构成了这首诗的主题，水在这首诗中被诗人设置成了阻隔的意象。水真能阻隔人的情丝，阻隔爱情吗？难道没听见《卫风 · 河广》中的女子大声地唱着“谁谓河广？一苇杭之”吗？真正阻隔的不是无情的水，而是无情的人和事。想必是落花有意，流水无情，或是虽两情相悦，但种种礼数、世俗却难以逾越。爱情如此，人生种种不如意大抵也皆如此。

喜欢《蒹葭》，是因了它的缥缈与执着。图景的缥缈，让人有如入幻境之感；伊人的缥缈，恍若与世隔绝。伊人的容颜缥缈、身份缥缈、行踪缥缈，最后的结局也仍然缥缈。这么多的缥缈却给后世的我们留下多少悬想的空间，这便是艺术的至高之境了。曹魏时期，曹植的《洛神赋》让我们见识到了惊鸿一瞥的美艳，然而美则美矣，却只能让人没了念想，徒生绝望。《蒹葭》中的伊人是那么飘忽，难以追寻，诗中的男子却分外执着，不管距离多么遥远，道路多么险阻，也绝不轻言放弃。这跟《汉广》中地处南方的男子不一样，《汉广》中的男子因为“汉之广矣，不可泳思”，最终放弃了对游女的追求。而《蒹葭》中的男子却不管道路多么曲折和漫长，仍然不肯放弃心中的念想。这不禁让我想到了屈原“路漫漫其修远兮，吾将上下而求索”那句名言，有时候执着就是一种信念。信念在，理想就在，活力就在，生命的痕迹就在。

◎《洛神赋图》

世上有多少方物似乎就在我们眼前，当我们努力去追寻以为唾手可得时，它却和我们玩起了捉迷藏，任你是多么努力地上下求索，它还是那么遥不可及。其实结局并不重要，重要的是我们曾经为之心动，为之付出，为之执着过。追求是一种过程，无奈可能是最后的结局，但不管结局如何，都不能在追寻中迷失了自己。也许多少年后再去回首曾经的狂热，心底里仍会泛起一丝波澜。

《国风》中最缥缈朦胧的文字竟然出现在以勇猛尚武著称的秦地，令古今多少人诧异。其实不用意外，再粗放骁勇的人也有柔情的一面。楚霸王项羽不就是很好的例子吗？这位驰骋沙场、力能扛鼎、骁勇善战的英雄，却也和他的爱妾虞姬上演了经世难忘的乌江自刎之传奇。当英雄面临绝路之时，他所想的不是自己和手下将士的安危，而是让他倾心爱恋的女子的安危。一句"虞姬虞姬奈若何"，将项羽心底最柔软、最深情的一面展现无遗。人终归是感情动物，纵是为了前途、名利不择手段，可没了情感依托，也终是一叶浮萍，没有方向，没有意义。

今天，许多人都会唱由琼瑶小说改编的电影《在水一方》的主题曲，"绿草苍苍，白雾茫茫，有位佳人，在水一方"。当邓丽君深情甜美的歌声在我们耳旁回旋时，我们有谁能记起，两千多年以前我们的祖宗就已经在传唱着这优美动人的歌，今天的流行只不过是对古典的翻唱而已。

（四）虽则如云，匪我思存：最是心无旁骛的专情

《诗经》305首，篇名涉及东门的诗就有5首。东门在《诗经》时代有着特殊的含义，是热闹繁华的娱乐场所，是男女谈情说爱的好去处。5首涉及东门的诗多与爱情婚姻有关，《郑风·出其东门》便是其中的一首。

出其东门，有女如云。虽则如云，匪我思存。缟衣綦巾，聊乐我员。

出其闉阇，有女如荼。虽则如荼，匪我思且。缟衣茹藘，聊可与娱。

译成现代文便是：

◎《〈郑风·出其东门〉图》

信步走出东门去，姑娘美得像芸草。姑娘虽然这般美，却不是我所想念的那一位。白衣青巾的好姑娘，才能让我笑开颜。信步走到城门外，姑娘美得像白茅花。姑娘虽然长得美，却不是我所想念的那一位。白衣红领的好姑娘，才能让我乐开怀。

读这首诗，大家可能联想到成语美女如云，美女如云出于此当无疑问，但它的含义与诗中“有女如云”的含义却已相去甚远。“有女如云”并非如众多的解释那样是形容女子多得像天上的云彩，而是形容有一位女子美得像芸草。这可不是我的臆说，是有出土文献为证的，汉熹平石经上“云”即作“芸”。再者，此诗两章重唱，下文中的“荼”指草，那么“云”与之相对，也当为草类。还有，“有×”这一专指人的词组形式在《诗经》中通常是指“有一个×”。如《郑风·野有蔓草》中的“有美一人”，《郑风·有女同车》中的“有女同车”，《召南·野有死麕》中的“有女怀春”，都是指有一个女子。

人们常说男人是视觉控制大脑的动物，这首诗中的男子显然是个例外。当他来到繁华热闹的东门，游游逛逛之时，不经意间，一位漂亮得像茅草花、像芸草的女子映入眼帘，瞬间，他的目光被吸引了，天哪，实在是太美了，真是人间仙女呀！然而只是瞬间的吸引和心动，马上男子就理性地将思绪转到了自己深爱的人那里。那肯定是个更美的女子，大家心里多半是这样想，恰恰错了。且看诗中的描写，“缟衣綦巾”“缟衣茹藘”。没有直接写相貌，而只是写了她的穿着打扮。不是娥娥红粉妆，不是纤纤出素手。穿的只是十分朴素的白色衣服，平常爱搭配的也只是黑色或绛红色的衣巾。长相应该说是十分普通，可是在男子的心里她却是最美的，也是他最爱的。显然男子不是外貌协会的，他更看重的是和女子的心灵相通。

我常常在内心揣测，得是怎样一个平凡的女子，能让男子如此专情，不为美色所动。她一定是一位性格坚强，有智慧，有超常气场的女子。这样的女子虽然没有天生丽质的外表，却有着无比超凡的才情。不老的容颜只是传说，纵是貌美如花，总有一天也会如花般凋谢衰老，唯有内在的美纵是岁月无情也无法夺走，而只会更加让人平添几分风采。显然这样的女子更能让男子黯然销魂，为之倾倒。这让我想起了魏晋时期《世说新语》中记载的许允妇。那是一个相貌奇丑的女子，嫁入许允家后，许允嫌其太丑，不理会她，她却用自己的智慧最终赢得了许允的尊重。貌美可以让你拥有暂时的幸福，却给不了你一生的幸福。一生的幸福是要靠内在的聪颖、智慧来获取的。

同样，我也常常在内心揣测，得是一位什么样的男子，能够胜过英雄过了美人关。我想，除了女子本身的气场和魅力，还在于男子有着高雅的审美情趣，在他眼里，外表的美只是浮云，内在的美才能让他真正心醉。朱熹在《朱子语类》中曾评此诗云："此诗却是个识道理人所作，郑诗虽淫乱，此诗却如此好。"是啊！此诗的好便在于心灵的纯洁与情感的专一。"弱水三千，只取一瓢饮。"纯洁而又专情的人，生活中常会充满甜蜜和喜悦。

这首诗让我们记住了美女如云，也让我们记住了世间不仅有痴情女，也自有专情男。

（五）邂逅相遇，适我愿兮：最浪漫的一见钟情

大约每个情窦初开的少男少女都在幻想着浪漫的一见钟情。在某一特定的场所，遇见特定的人，碰撞出心灵的火花，

演绎一段刻骨铭心的恋情，绽放人生最美丽的情怀，成为一生最美好的回忆。然而，一见钟情不是每个人都会幸运地遇上的，总是可遇而不可求，一旦邂逅也就终生难忘。《郑风·野有蔓草》中的男子便用动情的诗句，记下了自己人生中最美好的一段情感。

野有蔓草，零露漙兮。有美一人，清扬婉兮。邂逅相遇，适我愿兮。

野有蔓草，零露瀼瀼。有美一人，婉如清扬。邂逅相遇，与子偕臧。

译成现代文便是：

野外蔓草缠缠绕，圆圆露珠洒上头。有位漂亮的美人，眉清目秀美又艳。有幸和她相遇见，称我心来如我愿。野外蔓草缠缠绕，圆圆露珠润上头。有位漂亮的美人，眉清目秀美容颜。有幸和她相遇见，双双感觉好美妙。

回到两千多年前的夜晚，蔓草丛生的野外，露珠缀满青藤，男子碰见了一位漂亮的姑娘，她是如此眉清目秀，柔媚可人。就是这样一次偶然的相遇，男子的心就怦然为之而动了，姑娘也对男子一见倾心，时间在这一刻凝固，就这样他们双双坠入了爱河，蔓草、露珠见证了他们的爱情。这段两千多年前的爱情佳话堪称最浪漫的一见钟情，至今仍让人艳羡不已。浪漫的一见钟情是很多很多人对爱情的期许和渴望，他们不在乎天长地久，只在乎是否曾经拥有。哪怕只是一刻的浪漫，也会让他们甘愿拿一生做赌注。他们敢于抛开所有的负累，只因这一刻我只想和你在一起。

◎ 宋墓壁画中的夫妇宴饮场景

诗以晶莹剔透而又无比圆润的露珠起兴，预示了爱情的纯洁和完满。也是因了露的纯净，诗中少了份世俗，多了份唯美。全诗只关乎爱情，没有其他任何的羁绊和枝蔓。那定是爱情还没有受到外在力量干扰时，人最自然情态的呈露。后来的爱情因了父母之命、媒妁之言等外在礼制的束缚，早已没了这样的自在与适意。爱情本是情感最自然最本真的流露和释放，一旦和世俗搅在一起，一见钟情多半只会以悲剧收场。古往今来，多少故事都是如此。梁祝化蝶的故事便是典型。西晋时期，梁山伯与祝英台一见如故，情投意合，然而在讲求门当户对、遵奉父母之命媒妁之言的时代，他们的爱情最终只能作棒打鸳鸯散。两个相爱的人不得已为爱殉情，唯有在死后化作翩翩蝴蝶才能相守相依。

一次偶然的相逢成就了一段美好的姻缘，有时候真是相逢不如偶遇。有的人生活了一辈子却没能擦出火花，有的人寻觅一生却毫无所获，有的人仅有一面之缘却终生难忘。真是“众里寻他千百度，蓦然回首，那人却在，灯火阑珊处”（辛弃疾《青玉案·元夕》）。这或许就是所谓的缘分吧。感情这东西的确很怪，他人做不了主，时间也做不了主，唯有彼此的心灵和感觉能够做主。如果有幸在对的时间，遇到一个对的人，那就紧紧抓住吧。一见钟情是激情碰撞的火花，是灵与肉的融合与飞扬，人活在世上总得精彩一把。倘若一犹豫，可能就会抱憾终身。

“金风玉露一相逢，便胜却人间无数。”（秦观《鹊桥仙》）那样的浪漫怎能不让人渴求，不让人心醉神往？

（六）伊其相谑，赠之以勺药：古老的情人节习俗

“又是一年三月三，风筝飞满天。”听着这熟悉的歌声，仿佛又回到了那美好的少女时代。一群要好的玩伴，相约在江边的沙滩，徜徉于春光里，尽情嬉闹，享受风的吹拂，爱的滋润。现在的年轻人渐渐都遗忘了农历的三月三，习惯过洋节

了，每年阳历的2月14日则成了年轻人的情人节。殊不知，我们古老情人节的浪漫、欢闹丝毫不亚于西方的情人节。且看《郑风·溱洧》。

溱与洧，方涣涣兮。士与女，方秉蕑兮。女曰：“观乎？”士曰：“既且。”“且往观乎？”洧之外，洵訏且乐。维士与女，伊其相谑，赠之以勺药。

溱与洧，浏其清矣。士与女，殷其盈矣。女曰：“观乎？”士曰：“既且。”“且往观乎？”洧之外，洵訏且乐。维士与女，伊其将谑，赠之以勺药。

又是一年一度的上巳节，沉睡了一冬的溱水和洧水被暖暖的春风吹醒，河水欢快地流淌着，荡漾着。一群群俊男靓女，手持着芳香的兰草，在河边尽情地玩闹，他们的欢声笑语穿透了整个郑地。溱洧水边的热闹早已搅动了姑娘们的春心。一位姑娘对镜贴花黄，盛装打扮好后，兴奋地问心仪许久的男子：“那地方你去过了没有？”憨厚的男子不解风情，老实回答道：“我已经去过了呀。”姑娘不禁有些失望，可她不愿放弃这千载难逢的好机会，鼓足勇气继续央求道：“好哥哥，能不能再陪我去玩玩？你看，洧水边多热闹哇！”男子架不住姑娘的这般盛情，终于答应和她高高兴兴地去游玩了。他们在洧水边欢快地嬉闹，两人的心一下子靠得很近很近。坠入爱河的他们采来芍药，幸福地互相投掷着，他们的笑容也如花儿般灿烂，荡漾在彼此的心间。

三月上巳是郑地的春游节，也是男女相亲约会的日子，相当于我们现在所说的情人节。那一天，年轻的未婚男女聚在一起，拿着芳香的兰草，来到水边招魂续魄，进行祭祀以茇除不祥。祭祀完后便是盛大的狂欢，是情窦初开的男女诉说衷情，寻求爱情的绝佳时期。往常被礼制束缚的女子们，轻易出不了门，更不用说谈情说爱了。如有男子去示爱，心里还不免有很多顾虑，比如《郑风·将仲子》中的那位姑娘，再三恳求爱她的男子，“无窬我墙，无折我树桑”，不要翻越我家的院墙，不要折断我家桑树枝，不要私自和她来相会。被禁锢了许久的女子，终于在这一天可以自由行动、敞开心扉了，她们能不雀跃吗？

各地的情人节习俗都不一样，比如说云南的泼水节丢包活动，是傣族未婚男女的专场戏。包是由女子用花布精心缝制而成，里面装上棉籽，四角有彩色穗子作装饰。未婚男女在草坪上一起玩耍，由女子先掷，再由男子掷，包飞来飞去，他们的感情也开始在心中飞舞，确定心意后就各自找个幽静的地方约会去了。再如湖北恩施地区被誉为“东方情人节”的土家“女儿会”。每年的农历七月初七至十二日这几天，土家族的姑娘们精心打扮得美美的，坐在装满土特产的背篓旁，等待意中人来买东西。小伙子则在肩上斜挎一只背篓，形如漫不经心的

◎《兰亭雅集图》

游子，在姑娘面前搭讪。如果双方交谈融洽，机缘相投，就一起到街外的丛林中去赶“女儿会”，以女问男答的对歌形式，互通心曲，以定终身。

喜欢这首诗不仅是因了春天，也不仅是因了爱情，而是因了诗中女子鲜活的形象。“春色满园关不住，一枝红杏出墙来”，诗人没有把笔墨浪费在男女众相之上，而是以极富生活气息的笔触，用极为平常的对话，巧妙地将女子率真俏皮、活泼大方的一面展现在我们的面前。诗中的女子大胆又略带几分羞涩和缠人，她的执着让人情不自禁地产生几分不忍和爱怜。常常感叹“郑卫之音”中的女子，她们一个个都以生动鲜明的形象让我们铭记于心。《邶风·静女》中那个故意躲着不见男子，引得男子搔首踟蹰的女子，在男子几近绝望之时，又猛然出现在他的面前，送给他一把花草，把男子惊喜得妙语连珠，情话绵绵。多么顽皮可爱的女子。《郑风·子衿》中的女子，思念心上人的同时略带几丝埋怨，“纵我不往，子宁不来”，她终于忍受不了相思的煎熬，来到他们曾经约会的城墙，焦灼地走来走去，等待爱人的到来。这一个个的女子，在爱情面前没有任何矫情和伪装，是那么率真、自然，全然没有后世礼教重压下的女子无奈的情态。李清照云：“见有人来，袜划金钗溜。和羞走，倚门回首，却把青梅嗅。”（《点绛唇》）这让我们看到的更多的是所谓文明赋予的娇羞和那不自觉地掩盖的生命本真的渴望。爱情本是生命欲望的自然显露，后世却要拼命掩盖，怎还会有鲜活的男女？

（七）一日不见，如三秋兮：此情无计可消除

热恋中的男女一刻也不想分开，倘若一时不能在一起，他们的相思也足以动人心魄。且看《王风·采葛》。

彼采葛兮，一日不见，如三月兮！
彼采萧兮，一日不见，如三秋兮！
彼采艾兮，一日不见，如三岁兮！

译成现代文便是：

采呀采呀采葛草，一天没能见着他，便像三月那样长！采呀采呀采萧草，一天没能见着他，便像三秋那样长！采呀采呀采艾草，一天没能见着他，便像三年那样长！

这首诗算是《诗经》里十分短小的诗了，读来却丝毫不觉得短，反而觉得意蕴深长，回味无穷。古往今来，很多相思都写得很惨烈，很苦楚。比如说李清照笔下的相思是“凄凄惨惨戚戚……这次第，怎一个愁字了得”（《声声慢》），是“一种相思，两处闲愁。此情无计可消除，才下眉头，却上心头”（《一剪梅》）。柳永笔下的相思是“衣带渐宽终不悔，为伊消得人憔悴”（《蝶恋花》）。李商隐则更胜一筹，“一寸相思一寸灰”（《无题》）。相思成了一种病态的美，故有“三十三天离恨天最高，四十四病相思病最苦”之说。而在《采葛》中，相思则散发着情到自然浓的健康美。

以采摘绿色植物来寄托相思之情，是《诗经》惯用的抒情方式。《周南·卷耳》中的“采采卷耳，不盈顷筐。嗟我怀人，寘彼周行”，便是借采卷耳来吟相思；《小雅·采绿》中的“终朝采绿，不盈一匊”也是如此。此诗以采摘绿色植物葛、萧、艾起兴，随着时间的推移，相思之情日胜一日，不可遏抑。先是一日不见如三月不见，再是一日不见如三秋不见，最后是一日不见如三年不见。没有爱人陪伴的时候时光是那么漫长，日子是那样难挨，真有度日如年之感。全诗不见孤独字眼，诗中却散发着无处不在、无尽无止的孤独与寂寞，不禁让人想起李清照的“守着窗儿，独自怎生得黑”(《声声慢》)，诗人以极度夸张的笔法，将人们置入时间的隧道中，任凭时光流逝，相思之情却仍然无法消除，反而愈加浓厚与炽烈。这样浓烈的情感，诗人却用了舒缓的语气词“兮”字，一下让相思变得如此悠长、绵绝不尽。

人们常说时间是医治心灵伤痛的良药，在这里，时间不再是良药，而是诗人美好情感的寄托。时间可以让情感淡漠，又可以让情感变得分外浓烈。人们也常常自欺欺人地说让时间忘记一切，可真正刻骨铭心的东西又怎能被时间冲刷掉呢？因而时间也是最能考验人的情感的。“两情若是久长时，又岂在朝朝暮暮。”(秦观《鹊桥仙》)说得是如此轻松，可要让相爱的人生硬地分开时，思念便会如决堤的水奔涌而至，直至海枯石烂。

相思本是源于阻隔，这阻隔或来自时间，或来自空间，或来自心灵甚至礼俗的禁锢等，当众多的阻隔横亘在爱情面前时，相思便成为连接爱的桥梁。古往今来，因为阻隔演绎了多少令人心动、心碎的相思故事。尤喜欢《涉江采芙蓉》中的“同心而离居，忧伤以终老”，现实的无奈让人不得不黯然神伤，相思到老，心痛到老。还有那关于相思生红豆的故事。相传古代有一位女子，恋人远行，久久未归。女子不堪相思，终日以泪洗面，双眼慢慢溢出血来。这相思的血泪洒在树枝上便化成了一粒粒红豆。那豆通体红如珊瑚，豆首有一点乌黑。粗看仿佛是一块疤痕，仔细看去，却分明是溢满无数相思的眼眸。这眼眸又让人想起李白《长干行》里的那位女子。看着西窗蝴蝶双飞，想着恋人，心里无比悲苦，只能独自哀叹着“坐愁红颜老”。相思之苦，令人如此容颜憔、肝肠碎，全因了那份爱的执着与深沉。此时再读唐代诗人王维的那首《红豆》：“红豆生南国，春来发几枝。愿君多采撷，此物最相思。”似乎就多了几分为赋新词强说愁的矫情。

《诗经》时代的相思多是因为战争徭役的阻隔，如《周南·卷耳》《卫风·伯兮》《邶风·击鼓》等皆如此，极少数是因为礼教的束缚，而后世的相思则多是因为附加于婚姻的种种束缚。南宋著名诗人陆游与唐婉的美满婚姻因遭陆母的干涉而被无情拆散，自此两人饱受相思之苦，痴情的唐婉终不堪相思的折磨抑郁而死，空留下陆游的《钗头凤》让人断肠。

◎ 陆游

相思浓，情也浓。当今天的我们说着“一日不见，如隔三秋”的话时，还会有那一份款款深情吗？当《相思成灾》的旋律响遍大江南北时，诗意的相思已然成了一种奢望。

（八）穀则异室，死则同穴：你是风儿我是沙

“生同衾，死同穴”是每对相爱情侣的终极理想，但现实往往是残酷的，有情人因为种种状况，最终难成眷属，也因此演绎了不少可歌可泣的爱情悲剧故事。下面这个故事怕是要追溯到两千多年前了。且看《王风·大车》。

◎《〈王风·大车〉图》

大车槛槛，毳衣如菼。岂不尔思？畏子不敢。

大车啍啍，毳衣如璊。岂不尔思？畏子不奔。

穀则异室，死则同穴。谓予不信，有如皦日！

译成现代文便是：

大车槛槛向前行，上面是那穿着红上衣的人。我怎会不把你思念？只是怕你不敢把我爱。大车啍啍向前进，上面是那穿着赤红上衣的人。我怎会不把你思念？只是怕你不敢带我去私奔。活着不能与你结夫妻，死后也要和你同葬一墓穴。倘若不信我的话，天上的朗日自会证明它。

面对爱情犹如面对生死，有人懦弱，有人勇敢，有人轻易放弃，有人以死抗争。诗中女子的勇气恐怕要令多少男子汗颜。热恋中的女子痴痴地等着自己的情郎，当情郎出现在她面前时，那一刻她的笑容宛如桃花般灿烂。谁曾想到，男子带来的不只是温情和爱意，还有那晴天霹雳的决绝。男子说他再也承受不了父母的压力，无可奈何之下他答应了要另娶父母定下的女子。女子的笑容猛然凝固，傻傻地愣在那里。自己又何尝不是呢？父母昨天还在逼她另嫁他人呢，她死活都没答应，只等着心上人来迎娶她。可不曾料到等来的竟是这样的结果。女子不懦弱，但男子的懦弱让女子心痛。当大车缓缓远去，男子的身影越来越远时，女子缓过神来，再也控制不了自己的情感，终于在一刹那说出了心里话：“我怎么会不想你，不爱你呢？我是怕你没有勇气和我在一起呀，我是怕你不敢和我私奔呀。虽然我不能做你的新娘，可我的心永远属于你。这辈子我不能和你在一起，死了也一定要和你在一起。如果说我的话你觉得不可信，还有那天上的朗朗晴日为我做证。”原本相爱的两个人，因为有着难以逾越的礼教障碍，男子不得已轻轻说出分手后，便仓皇转身离去；聪明的女子深知自己所爱的人逾越不了礼教，只得在男子离去后痛彻心扉地喊出自己的心声。不知道诗中的男女主人公是如《孔雀东南飞》中的焦仲卿和刘兰芝一样双双殉情，还是如陆游和唐婉一样劳燕分飞，哀苦一生。

这样悲切动人的故事，男女主人公是谁，究竟为了什么而不能厮守终身已不得而知。以上只是我个人的揣测。曾有人认为这男女主人公是春秋时期的息国国君和息夫人（因容貌娇艳如桃花又称桃花夫人）。春秋时期息国被楚国攻灭，息国国君被俘获，后被楚王派去守城门，而他的夫人因为美丽而被楚王纳入宫中。

◎ 息夫人

有一天楚王出去打猎，息夫人便私自去见了息国国君，她饱含深情地说她从来没有忘记过息国国君，也不想再改嫁他人，与其这样生别离，倒不如死了的好。任凭息国国君怎样劝阻，她还是自杀了，随之息国国君也殉情自杀。然而《左传·庄公十四年》赫然记载，楚王灭了息国，抢走了息国国君的妻子息夫人，后息夫人安然在世，还为楚王生下了两个儿子。历史的真相已不得而知，但这样的故事总让人难以释怀。

“你是风儿，我是沙，缠缠绵绵绕天涯。”这几句歌词深得我心。爱情是什么？是生死相依，是一生一世的长相厮守，而绝不是短暂的欢愉，一时的冲动。这世间固然有那么多薄幸人，却也有不少痴情者。当他们的爱情理想在现实中破灭时，便义无反顾地选择用生命捍卫爱情。这让我们感动，却也让我们扼腕叹息。

（九）求我庶士，迨其吉兮：不想当剩女

“男大当婚，女大当嫁”的古训在今天已经失去了魅力，剩男剩女流行了起来。每每看到很多大龄青年仍然在过着快乐的单身生活时，我的耳边就会响起《诗经》里的一位女子焦急的声音：“求我庶士，迨其吉兮。”意思就是：追求我的众多男子呀，一定要乘着好时光，可别让我人老珠黄呀。这话出自《召南·摽有梅》。

摽有梅，其实七兮。求我庶士，迨其吉兮。
摽有梅，其实三兮。求我庶士，迨其今兮。
摽有梅，顷筐塈之。求我庶士，迨其谓之。

译成现代文便是：

打呀打呀打梅子，树上果实还有七成在。追求我的众男子呀，快快乘着好时光。打呀打呀打梅子，树上果实只剩三成在。追求我的众男子呀，今天就是好日子。打呀打呀打梅子，梅子已经盛满筐。追求我的众男子呀，快快把我娶回家。

诗以梅子起兴，借果实的成熟来比喻有女初长成，待字闺中。梅与媒谐音，以梅子来比喻女子的婚嫁心态，实在是妙极了。一位正处于适婚年龄的女子，当她看到树上的梅子被打落得剩下七成时，心里便有些暗暗着急，期盼那些追求她的男子赶快挑选吉日，将她迎娶到家。随着时间的流逝，当梅子打落得只剩三成时，焦急之情更是溢于言表，“求我庶士，迨其今兮”，那些追求女子的男子们呀，别犹豫了，今天就是好日子。矜持之情已然没了，也顾不上挑选吉日了，恨不得今天就嫁了。等到梅子全被打落了，人们拿着筐子把梅子装载回家时，女子已完全放下身段，竟然说“求我庶士，迨其谓之”，就是说“哥哥呀，只要你开口说句要我，我就跟你了”。今天的剩女们可能会对之不屑一顾，因为她们大都有经济基础和独立的人格，大多是为了坚守自己的爱情理想，宁缺毋滥，当然不会理解两千多年前剩女们的无奈。

◎《戏婴图》

在《诗经》时代，女子到了15岁便可谈婚论嫁了，倘若到了20岁还没嫁出去，那可就不合礼制了，是要受到非议的。那时候的女子地位很低下，她们生活在男权社会中，从出生就开始受到歧视。《小雅·斯干》中就写下了“乃生男子，载寝之床，载衣之裳，载弄之璋”“乃生女子，载寝之地，载衣之裼，载弄之瓦”的语句。男子一出生便享受到很高的待遇，睡在大床上，穿上衣裳，玩弄玉璋，而女子一出生便注定了卑微的地位，只能睡在地上，裹着褓衣，玩着纺线锤。人一旦没有独立的经济能力和地位，一切就都只是空谈，经济基础决定上层建筑是颠扑不破的真理。传统社会赋予女子太多的束缚，不能参与政治经济活动，没有主宰自己命运的权利，连什么时候结婚都被规定死了，实在是莫大的悲哀。据说汉代孝惠皇帝还曾经规定谁家有女儿15岁以上到30岁还没嫁人的，罚款600钱。春秋时期，越王勾践推行了一条政策，女子到了17岁还不嫁人，父母将被判刑。这让女子一到青春年华，便不由自主惴惴不安，生怕哪一天，一不小心成了剩女，让父母心碎，让自己难堪。古代奉行无剩女的政策，多是为了延续后代，女人就此成了生养的工具。

当然，古代也有成功、出色的剩女，那当属钟无盐了。钟无盐算是绝代丑女了，头颅硕大，头发稀少，皮肤黑似碳，水桶腰，鼻孔朝上翻翘，额头和眼睛下凹，更要命的是脖子下长了个比男子还要大的喉结，所以到了40岁还待字闺中，无人问津。可就是这个奇丑无比的女子，竟然做了齐宣王的王后，并且还辅佐齐宣王使齐国走向强盛，留下“无盐娘娘生得丑，保着齐王坐江山”的美谈。

今天的女性没有了那个时代的顾虑，她们可以骄傲地养活自己，不再依附男子，她们不用那么着急地把自己嫁出去，能够耐心地等待意中人的到来。可今天的女子又有着其他的无奈，有可能一不小心，一辈子找不到知心爱人，被剩了下来。能够如钟无盐那般幸运的人毕竟是极少数。人一辈子没有一个相知相伴的人，享受不了正常的天伦之乐，也是一种遗憾。所以当剩女成为一种时尚时，新的问题又会跟着出来了。

“花开堪折直须折，莫待无花空折枝。”（杜秋娘《金缕衣》）无论什么时候，阴阳调和的生活才是最美妙的。还是让摽梅之叹的典故随风而逝吧，让每个女子都有爱的自由，都可以享受爱与被爱的幸福。

（十）虽速我讼，亦不女从：爱情拒绝强迫

俗话说“强扭的瓜不甜”，可偏偏有人不怕瓜不甜，只怕瓜不到口。爱情本是两情相悦的，但总有人一厢情愿，自作多情，强拉硬娶。这样就生出了许多事端，把原本美妙的事变成了错误的悲剧。很早以前，《召南·行露》就记载了这样的故事。

厌浥行露，岂不夙夜？谓行多露。

谁谓雀无角？何以穿我屋？谁谓女无家？何以速我狱？虽速我狱，室家不足！

谁谓鼠无牙？何以穿我墉？谁谓女无家？何以速我讼？虽速我讼，亦不女从！

译成现代文便是：

路上露水湿漉漉，谁不想早晚都赶路？只怕露水沾湿了我的身。谁说鸟雀没有尖尖的嘴，不然怎能穿透我的屋？谁说你还没有成家，不然怎会召我去官府？纵使让我吃官司，我也绝不嫁给你。谁说老鼠没有牙，不然怎会啃

穿我的墙？谁说你还没有成家，不然怎会召我去官府？纵使让我吃官司，我也绝不嫁给你。

◎《〈召南·行露〉图》

一位正值适婚年龄的漂亮女子偶然碰见了一位男子，男子为她的美貌所吸引，便百般追求女子，在女子似乎有点心动的时候，忙下了聘礼托人上门去提亲。后来一次偶然的机会，女子不知道从谁的口中得知男子已经有了家室，便十分懊恼和气愤。这个男子欺骗了女子，让女子变成了人见人恨的第三者，女子因此誓死也不愿嫁给他。男子眼看到手的鸭子就要飞了，也不愿善罢甘休，便依仗自己的富有和权势，威胁女子，若不嫁给他，就将女子告到官府，让官府好好处置她。女子恨极了这无耻的男子，便斩钉截铁地说，就算吃官司，也不愿嫁给这龌龊的男子。

小小女子，真有个性！在那样一个女子毫无地位可言的时代，她敢于和男子叫板，捍卫自己的尊严和幸福，实在令人钦佩。她一定是个眼里揉不得沙子的人，也一定是个自尊自爱的人。在那个时代，男子有三妻四妾是稀松平常的事，很多女子就这样上当受骗，在男子的威逼下断送了自己的幸福。《豳风·七月》中的“女心伤悲，殆及公子同归”便是如此，面对强娶，女子只能让伤心的泪在心中流淌，却不敢违背和反抗。与强大势力的对抗，最终可能避免不了一场悲剧，那么诗中女子是否逃脱了悲剧的命运，我们不得而知。

据《左传》记载，春秋时期曾有过一次婚姻诉讼，不同的是，这个故事是两个男子争抢同一个女子。郑国大夫徐吾犯的妹妹很漂亮，下大夫公孙楚看上了她，并送来聘礼，订为未婚妻。不巧的是，上大夫公孙黑也爱极了她的美貌，同样也送来了聘礼，要强订婚约。徐吾犯不知如何是好，只好向当时的贤相子产报告。子产还挺开明，让徐吾犯征求他妹妹的意见，爱嫁谁就嫁谁。在子产的调解下，两大夫也同意了这个方案。做决断的那一天，公孙黑穿着十分华贵的衣服，器宇轩昂地将作为聘礼的物币放在堂上，公孙楚则穿着军服，在院子里表演他的箭术，表演完后就跳上车离开了。徐吾犯的妹妹最终看上了公孙楚，认为他很有男子汉气概。失败的公孙黑很不甘心，便想杀死公孙楚抢夺徐吾犯的妹妹，后来公孙楚一怒之下把他打伤，最终招来流放。

不管是《诗经》中的故事还是《左传》中的故事，古代女子的命运大都一样，她们想得到被自己视为生命的爱情，然而不幸的是她们却成为他人掠夺的对象。《孔雀东南飞》中的刘兰芝，深爱着丈夫焦仲卿，日夜为家中的事情操劳，尽力侍奉公婆，却还是被婆婆以莫须有的罪名遣送回家，与丈夫“君当作磐石，妾当作蒲苇，蒲苇纫如丝，磐石无转移”的约定，也在兄长的逼迫和世俗的压力下无法实现，最终她只得用自己的生命来诠释对丈夫坚贞的爱。

“露”在《诗经》中的很多诗里都是美好事物和美好情感的象征，唯独在这首诗里是个例外。晶莹洁白的露珠在这里充当了阻碍女子幸福的绊脚石，是女子嫌恶的对象。东晋时期的大诗人陶渊明“夕露沾我衣……但使愿无违”的取义恐怕就源于此。

“露重飞难进，风多响易沉。”（骆宾王《在狱咏蝉》）纵使自己再强大，也没有办法摆脱时代和环境的压抑与束缚。这不是一个人的悲哀，而是很多人都会面临的困境。

肆

婚姻故事

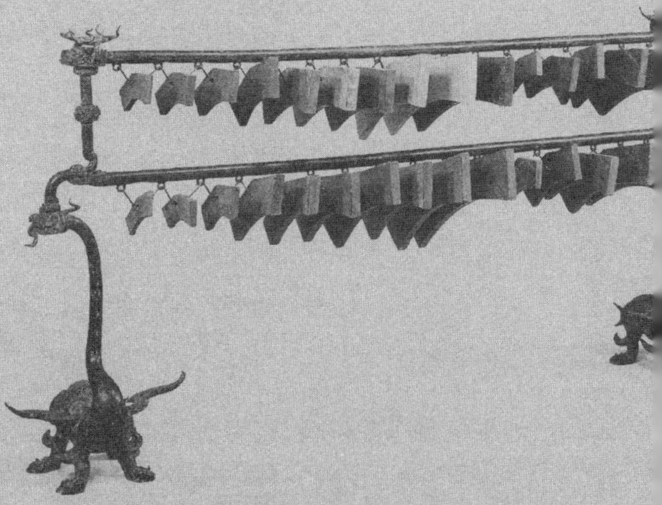

（一）桃之夭夭，灼灼其华：我愿做你最美最幸福的新娘

百花争艳的春天，与友人相约去看桃花，当那一片分外夺眼的火红桃花跃入眼帘时，我想到的不是崔护那句著名的“人面不知何处去，桃花依旧笑春风”，而是《诗经》里一首很美的婚嫁诗《周南·桃夭》。因为桃花那耀眼的炽热不容你去惆怅，只会点燃你生命的激情与渴望。

桃之夭夭，灼灼其华。之子于归，宜其室家。
桃之夭夭，有蕡其实。之子于归，宜其家室。
桃之夭夭，其叶蓁蓁。之子于归，宜其家人。

译成现代文便是：

桃树好盛壮，花儿真美艳。姑娘要出嫁，娶着她呀会旺家。桃树好盛壮，果实真甜美。姑娘要出嫁，娶着她呀会兴家。桃树好盛壮，叶子真浓密。姑娘要出嫁，娶着她呀会助家。

在一年中最美丽的季节，一位如桃花般年轻貌美的姑娘就

要嫁人了。这位姑娘有桃花的娇艳，有桃子的甜美，更有桃叶无比旺盛的生命力和活力。谁要是娶了这位姑娘，一定会和美幸福，子孙满堂。这是怎样一位让人羡慕不已的新娘呀！每位女子出嫁时，一定都怀着这样的梦想，希望自己是天下最美最幸福的新娘。

古代的女子更是如此。她们的地位不同于今天的女性，可以顶上半边天，和男子平起平坐。那时的女子只能把自己的幸福寄托于婚姻，盼望着嫁一位如意郎君，为他生儿育女，为他打理好家庭，过上衣食无忧的生活。倘若婚姻不和美，或被休弃或不幸失去夫君，日子自是从此苦不堪言，就算是王公贵族之女子也不例外。西汉时期的陈阿娇即是如此。她贵为馆陶长公主的女儿，与汉武帝刘彻自小青梅竹马，可在嫁给汉武帝做了皇后之后，好景不长，终因性格的骄横和没有生育而遭到武帝的冷落，最后因“巫蛊案”触怒汉武帝被打入冷宫。她曾花费千金请司马相如写下著名的《美人赋》以挽回汉武帝的心，然而所有的努力都是徒劳。最终，她在哀怨中早逝，空留下金屋藏娇的美谈让人心酸。

正如《孟子·滕文公》中所言：“丈夫生而愿为之有室，女子生而愿为之有家。”男方家庭对婚姻也分外重视，期盼能够娶上健康、美貌、贤惠的女子，让其延续香火，相夫教子，和顺家庭。因此，嫁娶理所当然成了人生大事。

当盛装打扮的新娘出现在人们的视线中时，她那红艳艳的装扮如火般夺眼，她那娇羞的脸庞让红晕衬托得无比明丽，她那健美的身段是如此婀娜多姿，似极了新郎家门口那正值盛开的火红桃花。好个新娘似桃花，怎能不让人赞美她！此时此地用什么花来形容女子也赛不过用桃花了。以桃花来写新娘无疑是这首诗的亮点。清代学者姚际恒曾盛赞之：“桃花色最艳，故以喻女子，开千古词赋咏美人之祖。”（《诗经通论》）自此，桃花与美人结下了不解之缘。春秋时期的息妫就因为貌美而被誉为桃花夫人。后世的文人们写美人也总愿用桃花相比附。如汉魏诗人曹植写美人“南国有佳人，荣华若桃李”（《杂诗七首·其四》），这些诗词都以桃花喻人，花即人，人即花，美人与花交相辉映，分外娇艳。时至今日，我们还经常用面如桃花来形容女子容颜的姣好与美艳。

将桃花与美女联系在一起，让我们为之倾倒。将桃花与婚姻联系在一起，也是十分绝妙。在秋天，橘子红了，红灿灿的背后是成熟的晚秋之美，是经历，是感慨，是凄迷；而在春天，桃花盛开，生气蓬勃，春意盎然，充满生命的味道。这样的时节怎会不让人倍感幸福？况且，桃在上古社会中还有着驱鬼避邪的功能。诗以桃来起兴，无疑有着祝颂新娘一生幸福如意的含义在里面。诗首章以桃花的美艳来喻女子的美貌，同时也蕴含着婚姻之花灿烂盛开之意。次章写桃树果实的硕美，则象征着对女子婚后多子的美好祝愿。末章写桃树枝叶的繁盛，则有着对女子婚后旺夫兴家的期待和祝福。

这样美的诗很久以来被人们用作婚礼奏乐演唱的曲目，陈子展《国风选译》中就曾说过："辛亥革命以后，我还看见乡村人民举行婚礼的时候，要歌《桃夭》三章。"如今的婚礼没了那么多的古韵，多的是现代的自由与浪漫，但无论何时，做一个美丽幸福的新娘想必是所有女子共同的心愿与期待。

（二）之子于归，百两御之：最豪华的婚礼

《召南·鹊巢》记录了先民婚礼的盛况及奢华，让我们来感受一下吧。

◎《〈召南·鹊巢〉图》

维鹊有巢，维鸠居之。之子于归，百两御之。
维鹊有巢，维鸠方之。之子于归，百两将之。
维鹊有巢，维鸠盈之。之子于归，百两成之。

译成现代文便是：

喜鹊树上筑好巢，八哥飞来住进它。这个姑娘要出嫁，百辆豪车迎接她。喜鹊树上筑好巢，八哥飞来住进它。这个姑娘要出嫁，百辆豪车来送她。喜鹊树上筑好巢，八哥飞来住满它。这个姑娘要出嫁，百辆豪车迎来把婚成。

鹊，指喜鹊。鸠，又名鸤鸠，就是我们今天所说的八哥。这不是我的臆说，清代学者毛奇龄、焦循、马瑞辰都亲自实地考察、目验过。王先谦在《诗三家义集疏》中也说："吾乡谚云：'阿鹊盖大屋，八哥住见（现）窝'，谓此。"想必是不错的。恰逢今年三月，曾有一对斑鸠在我家阳台做窝，那窝做得很粗糙，几乎相当于若干树枝搭成的架子，比起其他鸟雀做的窝确实差很远，由此我便也相信了鸠类鸟确实性拙。

诗以自然界鸠抢住鹊巢起兴，写男女嫁娶。这多少让人有些诧异，男女结婚与鸠占鹊巢有何关联？恐怕应是由于鹊巢的工巧，使之成为为鸟遮风挡雨的归宿，这自然容易让人想到家的温馨。倘若是以鸠鹊共居一室来兴起婚姻之事，我们更容易接受，但是鸠侵占了鹊的家，以之来写婚姻就颇令人费解了。其实不然，倘若我们对上古的婚礼习俗多一些了解，就能豁然开朗了。这样的描写当是古代抢婚制习俗遗留下来的对思维的影响。《周南·关雎》不是以性情温和的鸳鸯起兴，而是以善捕鱼的猛禽雎鸠起兴，来抒写男子的追求，这同样有侵夺的意味。

现代人不明白古时的习俗，以为鸠抢占鹊巢含有第三者插足之意，故而有人将这首诗解为小三上位。隐身的小三终于成功地赶走了原配，风光地嫁人了。这极易让人想起《邶风·谷风》中弃妇被扫地出门，男子“宴尔新婚，如兄如弟”的场景，也容易让人想起杜甫《佳人》中的“但见新人笑，那闻旧人哭”。这样的解说令喜庆中不免隐含几分悲凉。

古人结婚的程序很多，清秦蕙田《五礼通考》记载：“一曰纳采，二曰向名，三曰纳吉，四曰纳征，五曰请期，六曰亲迎。”亲迎是指新婿亲往女家迎娶的仪式，往往被看作婚礼的主要程序。这首诗只截取了送亲队伍和迎亲队伍这一片段进行极力渲染。百辆车，只说了数量，没有像《卫风·硕人》那样写“四牡有骄，朱幩镳镳”，但车子的豪华自是不言而喻的，定是当时顶级的豪车。这样大肆铺张的婚礼也只有富贵人家才有，还不是普通的富贵人家，定是大富大贵之人。而这样的人也只能是天子或诸侯了，其他级别的人再富有，在那个特别讲究礼制的时代，也是不敢轻易越礼的。我们只知道婚礼的盛大和隆重，婚后的生活是否幸福，我们不得而知。想想看，包办的政治婚姻又有几个是幸福的呢？《硕人》中庄姜的婚礼也是如此热闹和盛大，可那都是演给外人看的，婚后的苦楚和凄凉只有庄姜独自承担。纵是一场完美无比的婚礼，仍然无法改变庄姜婚姻生活的悲惨境遇。

◎《光绪大婚图》

但不管怎样，这样的婚礼场景怕是很多女子梦寐以求的。不过也有女子甘愿为了爱放弃一切而选择裸婚。比如《卫风·氓》中的女子为了爱，全然不顾“子无良媒”，义无反顾地“以尔车来，以我贿迁”，但到最后她还是以一颗破碎的心写下了无比的悔恨。

其实，豪婚也好，裸婚也罢，婚礼不在乎形式，而在乎双方是否真心相爱。不爱，再美的形式就像庄子所说：“名者，实之宾也。”虚名只是外在的附属物，百无一用，徒增烦恼。不爱，纵然你选择放弃一切形式也没用，到头来只会让你更伤心。形式如何虽不重要，但喜庆的氛围还是大可以营造的，而且是必须的。并不是银子花得越多越热闹，有时候一种极其简单的形式，也会制造意想不到的浪漫，让人终生难忘。用钱办的事并不是最美的，而用心办的事才是最好的。《小雅·车辖》中的男子没有美酒佳肴举办一场像样的婚宴，但他却能用自己的歌舞让婚礼照样热闹、充满温情，这是源于他“好尔无射”，真心喜欢。

如今很多地方开始流行抬花轿或骑马举行婚礼了，“百两御之”的场景开始隐退。节约、环保的婚庆形式是时候成为主流了。

（三）女曰鸡鸣，士曰昧旦：平凡夫妻的幸福生活

什么样的夫妻生活才是最幸福的呢？是举案齐眉、夫唱妇随，还是琴瑟合鸣？想必每对夫妻都有自己对幸福的认知和体悟。俄国著名作家托尔斯泰在《安娜·卡列尼娜》中曾经说过：“幸福的家庭是相似的，不幸的家庭各有各的不幸。”幸福，很多时候，无关乎金钱、权位、外貌，而只是平凡生活中几句温柔的呢喃，几个温暖的眼神。且看《郑风·女曰鸡鸣》中的男女。

女曰鸡鸣，士曰昧旦。子兴视夜，明星有烂。将翱将翔，弋凫与雁。

弋言加之，与子宜之。宜言饮酒，与子偕老。琴瑟在御，莫不静好。

知子之来之，杂佩以赠之。知子之顺之，杂佩以问之。知子之好之，杂佩以报之。

早早的，女人就催男人起床了。女人不是强硬地让男人起床，而是婉转温柔地说：“宝贝，听，那鸡都叫了呢！快起床吧。”男人说：“是吗？我看看，你瞧，天还没亮呢！就让我再睡会儿吧。”女人又附在男人耳边轻声地说：“亲爱的，起来看看吧，启明星已经在闪耀着亮光了。快点趁早出去打猎哟，多射一些野鸭和大雁吧！”看男人还没有动静，女人便拉着他的手，深情地逗他说：“你今天要是射中了猎物，我定早早地把它们煮了。就着它们，我们一起喝点小酒，然后再一起弹弹琴鼓鼓瑟，你说这样的日子是多么悠闲，多么美好呀！”男人开始不好意思了，捏捏女人的脸说：“好啦，亲爱的，我知道你是真的关心我，爱护我，体贴我。我这就去打猎了，把这块杂色佩玉留给你吧，可要多想着我呀。”

这首诗出现在自古都有“郑声淫”之称的《郑风》中。其实不管是“郑声淫”，还是“郑诗淫”，那都是古人们对爱情的偏见。在中国传统社会中，爱情只关乎礼和理，而不关乎情和欲。这充满温情的诗中带有床帏戏谑的对话，当然入不了卫道者的法眼，受到卫道者的批判。但这诗在今天的我们看来，却是极温馨和浪漫的，每每看到“与子偕老”“琴瑟在御”，就令人生出无限向往之情。

这对夫妇显然是芸芸众生中最普通的夫妻，从诗中来看，他们的生活并不富裕，但小日子却过得有滋有味，很是恩爱，很有情调，洋溢着一种无处不在的甜蜜和幸福。俗话说“贫贱夫妻百事哀”，可用在这对夫妻身上显然不合适。在那个一天不劳动，一天就没有饭吃的时代，他们没有哀叹，而是积极地面对生活，经营幸福的家庭，于平常琐事中寻找快乐。真应了人们常说的：“富人有富人的烦恼，普通人也有普通人的幸福。”

常常有人讲婚姻是爱情的坟墓，再美好的爱情也架不住终日柴米油盐的消磨，消耗掉所有的激情和浪漫后，一切都归于了平淡和无奈。这无疑是对婚姻的偏见，不幸的婚姻自是爱情的坟墓，幸福的婚姻却是爱情更高境界的升华。这让我想起了著名作家王蒙和他夫人方蕤的婚姻故事。记得方蕤在《我的先生王蒙》一书中有一段精彩的话语：“我们是世上最平常的一对。天塌地陷了，我们过着平常的日子。风风火火了，我们还是过着平常的日子。愿我们的福气，让所有善良的人世男女分享。”王蒙的成功、多产可以说与他有个方蕤这样的贤内助是分不开的。两人无论身处何地，总是相濡以沫，笑对一切，乐观得彻底，幸福得彻底。

今天的人喜欢说“好女人是一所学校”，古人却爱说“妻

◎ 晚清新娘和新郎结婚照

贤夫祸少”。故这诗便被先贤们解释成为“贤夫妇相警戒之辞”，且还有“贤妇警夫以成德也”之说。这解说虽然有些卫道的意味，却多少让人们认识到了女人在婚姻生活中的重要作用。温馨的家庭中好女人自是必不可少的，古往今来好女人的标准很多，我却以为如能同此诗中的女人即可，温柔、包容且睿智不失风情，这样的女人自是人中极品。

喜欢这首诗，不仅是因了诗温馨的幸福，更是因了诗浓郁的生活气息。这样的幸福不是空中楼阁，也不是有钱人的作秀，而是可以让我们触摸的真实。没有呐喊，没有倾诉，也没有情感的波澜起伏，有的只是平实的话语和对生活真切的热爱。锅碗瓢盆也好，柴米油盐也好，只要有爱，一样能谱写出幸福的交响曲。

（四）今夕何夕，见此良人：今夜的星光最灿烂

张爱玲《倾城之恋》中，白流苏与范柳原有一句经典台词：“今夕何夕，见此良人。”很多人都对此印象深刻。这诗便

出自《唐风·绸缪》。

绸缪束薪，三星在天。今夕何夕，见此良人？子兮子兮，如此良人何？

绸缪束刍，三星在隅。今夕何夕，见此邂逅？子兮子兮，如此邂逅何？

绸缪束楚，三星在户。今夕何夕，见此粲者？子兮子兮，如此粲者何？

◎《〈唐风·绸缪〉图》

译成现代文便是：

薪柴紧紧缠又缠，参宿三星挂在天。今晚是啥好日子，见到了这么好的人。你啊你啊，这么好的人儿你咋办？草垛紧紧缠又缠，参宿三星斜对墙。今晚是啥好日子，见到了这样的良辰美景。你啊你啊，这样的良辰美景你咋办？荆条紧紧缠又缠，参宿三星对着门。今晚是啥好日子，见到了这般俊美的人。你啊你啊，这般俊美的人儿你咋办？

诗以薪草起兴，吟咏的当是婚姻之事。言天上星宿与“今夕何夕”，及发生在晚上的事。这一夜究竟发生了什么样的事呢？原来是人们在为一对新人祝婚。当所有的仪式结束后，就剩下最激动人心的闹洞房了。亲朋好友都聚集在新房，百般戏谑调笑娇羞的新娘。一旁的人一脸坏笑，故意问道：“新娘子呀，知道今晚是什么日子吗？看看，这就是你的帅新郎了，今晚你要和他怎么样呢？”新娘子羞红了脸，只好低头不语。一旁的人不依不饶，继续追问：“说说你今晚究竟要和这帅小伙干点什么呢。”直到天上的参宿星由高高的天空慢慢地移到屋角，移到大门，天快蒙蒙亮时，闹腾了大半夜的人们才罢休。

诗只更换不多的字词，以重章叠唱的形式反复咏叹，却让人不觉繁复，只觉甚为有趣。诗以天上参宿星位置的变换来暗指时间的流逝，使全诗的气氛一点点走向高潮，让人仿佛看到了害羞的新娘被嬉闹得羞红了脸又无处躲闪的可爱窘态，又仿佛看到了新娘新郎在热闹氛围中幸福的笑容。以紧密缠绕的薪草起兴，则包含着人们对美好幸福婚姻的期待和祝福，希望新人也能如草儿般身体相依，心灵相依，一辈子不分离。而一句“今夕何夕”的问话，于喜庆之中无端让人生出时间流逝的慨叹，造就了沉淀的诗意。

相传闹洞房的习俗起于驱邪避灾。话说一日天上的紫薇星下凡，看见迎亲队伍后跟着一个披麻戴孝的女子，随着新娘一起进了洞房。新郎新娘拜完天地，要入洞房之时，紫薇星挡在门口说洞房里藏着一个鬼，人们吓得不知如何是好，赶紧请求紫薇星的指点，紫薇星说鬼怕人多，你们都进去鬼就不敢作恶了，于是人们都一起拥进了洞房，到了夜里五更时分，鬼果真夹着尾巴灰溜溜地逃走了。又说闹洞房的习俗起源于远祖对处女的禁忌。新婚之夜，处女会流血，流血对最初的人类来说，意味着难以独自承受的灾难，所以要聚集众多的人以热闹的方式打破内心的恐惧。不管什么说法，闹洞房都应该是古人芟除不祥的一种仪式。到后来，随着人类对事物认知能力的提升，闹洞房便演化成一种娱乐方式。以调笑的

◎ 古代的闹洞房习俗

方式既可化解女子独自面对未来婚姻生活的恐惧，又可以让疏于见面的新郎新娘瞬间拉近距离，尽早进入角色，实在高明得很。

现如今闹洞房的习俗仍然在很多地方继续保留着。新婚之夜，亲戚朋友围坐房中，百般戏谑新娘，称为“闹洞房”“戏新娘”。闹的方式各种各样，各地有同有异，有文闹有武闹。文闹以较文雅的方式，往往是让新娘猜谜语、对对子，或讲述恋爱经历，或谈及平常不见于口的男女之事，让新娘无法对答或羞于出口而大出洋相，借以取乐。武闹是使用较为粗野的方式，偶尔还对新娘动手动脚，颇有恶作剧的性质。《绸缪》显然是属于动口不动手的文闹了。

过于粗鄙的闹洞房现在已不大时兴了，但文明的闹洞房倒是很流行。只是时间不再局限于晚上，地点也不再局限于洞房了。

古老的传统仍然生发着无穷的魅力，在热闹而又不失文雅的闹洞房中，既能使婚礼的气氛达到高潮，又能推进夫妻双方感情的波澜，还能在多年后留下美好而甜蜜的回忆，何乐而不为呢？

（五）巧笑倩兮，美目盼兮：自古红颜多薄命

女人总渴望自己貌美如花，世人们也总爱拿美女说事，关

注美女的生活，可又有谁知道美女娇艳、风光的背后也会有一颗寂寞的心。常言道“自古红颜多薄命”，这话用在两千多年前大美女齐国公主庄姜身上是再合适不过了。

庄姜的美在那个时候也算是轰动一时了，春秋时期那么多的美女都没有诗文为她们留下尊容，唯有庄姜例外。《卫风·硕人》写道：“手如柔荑，肤如凝脂，领如蝤蛴，齿如瓠犀，螓首蛾眉。巧笑倩兮，美目盼兮。”光滑、柔嫩的手儿，如脂般白润的肌肤，颀长而又白皙的脖子，两排洁白整齐的牙齿，方方正正的额头上面是弯弯的细眉。更摄人心魂的是她的笑容和眼神。那绯红面颊上荡漾的酒窝是如此妩媚动人，那会说话的眼睛一转秋波直让人痴迷心醉，真是回头一笑百媚生！清代的姚际恒读到这几句时，也不禁拍案叫绝，说“千古颂美人者，无出其右，是为绝唱”（《诗经通论》）。小蛮腰、瓜子脸是今人的最爱，而高大圆润的身材、宽阔方正的额头在古人那里则是美不可言的。以大为美，以健康硕壮丰腴为美是那个时代的审美追求，貌美的庄姜当是那个时代的佼佼者。

◎ 庄姜

漂亮尊贵的庄姜或许从来没有将自己与薄命联系起来，作为齐国这一泱泱大国的公主，庄姜自小就过着无忧无虑的生活，直到有一天，她长大了，她的美开始引人注目后，宠爱她的父亲便亲自给她挑选亲事，让她嫁给卫国的国君卫庄公。出嫁那一天，她风光极了。“四牡有骄，朱幩镳镳，翟茀以朝。”“庶姜孽孽，庶士有朅。”送亲的车队浩浩荡荡，随从卫士英武强壮，嫁妆也无比丰厚，可悲剧就是从嫁进夫家的那一刻开始的。所谓“郑卫之地，靡靡之音”，卫地男子的薄情与花心在《卫风·氓》中大家已见识到。新婚的那一夜，庄姜的美着实让卫庄公心潮澎湃，激情荡漾。“大夫夙退，无使君劳。”大有从此君王不早朝之势。但好景不长，再美的风景也有看厌的时候，花心的卫庄公随后又看上了陈国的两个女子，一曰厉妫，一曰戴妫，她们都为卫庄公诞下了子嗣。为此，久久没有怀孕的庄姜，日子过得更难了。脾气暴躁的卫庄公要不对她不理不睬，要不对她大吼大叫。庄姜每一次的低眉顺眼都没有让卫庄公回心转意，重新对她宠爱有加。而对于这一切，美丽又贤德的庄姜都忍了。同样是大国的公主，秦穆公的女儿怀嬴就不一样。怀嬴曾为晋文公重耳侄子之妻，后又被嫁与重耳。一天，怀嬴侍奉重耳洗脸，重耳不耐烦地挥手赶她走。怀嬴仗着大国公主的身份，立即脸一沉，呵斥重耳不该如此羞辱她。要依赖秦国的重耳为此不得不负荆请罪，赔礼道歉。而庄姜并没有像怀嬴一样强硬，纵然娘家地位显赫，她也没有把这作为炫耀的资本，而只是恪守当时的妇道，把那份苦楚独自一人咽进了肚子。她倾心尽力地替戴妫养孩子，还为州吁的事操心、烦恼。

常常在想，单是那“巧笑倩兮，美目盼兮”，就足以让男人们拜倒在石榴裙下，可漂亮尊贵而又贤能的庄姜却仍然避免不了遭受婚姻的冷暴力，这究竟是为什么呢？是因为庄姜不能生育，还是因为庄公的花心，又或者是因为庄姜对庄公的不屑，历史的真相已不得而知。这位让《诗经》《左传》，甚至是孔子都大加赞颂的德色兼备的女子，也同样避免不了失宠，避免不了凄清的生活。

从前，女子的命运就是如此，自来到世上便犹如风筝般飘摇。纵是庄姜出身如此高贵，也避免不了成为政治婚姻的牺牲品。倘若她有选择婚姻的自由，有命运自主的权利，也不致一生如此寥落。由此可见，纵是绝世美女也难以摆脱悲惨的命运。“闭月羞花，沉鱼落雁”的西施被自己所爱的人献给吴王夫差，在范蠡设下的美人计中痛苦地周旋。杨贵妃“回眸一笑百媚生，六宫粉黛无颜色”，她的美让唐明皇甘愿冒着天下之大不韪，设计从儿子寿王手中夺得美人归，她的美让她一入宫

◎《杨贵妃上马图》

便享受着三千宠爱聚一身的待遇。但当安史之乱来临后，在随唐明皇流亡蜀中之时，于马嵬坡兵变中不得已终被曾经那样宠爱她的唐明皇赐死，香消玉殒。“一骑红尘妃子笑，无人知是荔枝来”（杜牧《过华清宫》），成为永远的过去。明末清初的大美女陈圆圆，色艺双绝，芳名远播，却终不过沦为男子的玩物，被李自成、刘宗敏、吴三桂等人争来抢去，还落得红颜祸水的骂名，受尽身心折磨的她心如死灰，毅然出家做了道姑，在孤灯清影中寂寞地忏悔、落泪。

现如今女子能顶半边天了，与薄命自是无关了。

（六）齐子归止，其从如云：放纵的公主

一直以来，公主在人们心目中都是高贵的化身，是人见人爱，被捧于掌心的可人儿，人们从来不愿将任何负面的东西和神圣的公主扯在一起。而事实上，公主也有很多无奈。一起来看看《齐风·敝笱》吧。

敝笱在梁，其鱼鲂鳏。齐子归止，其从如云。
敝笱在梁，其鱼鲂鱮。齐子归止，其从如雨。
敝笱在梁，其鱼唯唯。齐子归止，其从如水。

译成现代文便是：

破烂鱼篓拦在梁，大鱼结队哗哗游。齐国女儿回娘家，随从人马多如云。破烂鱼篓拦在梁，大鱼摇摆哗哗游。齐国女儿回娘家，随从人马多如雨。破烂鱼篓拦在梁，鱼儿成群哗哗游。齐国女儿回娘家，随从人马多如水。

这诗从《毛传》开始便以为是讽刺齐国公主文姜的放荡与淫乱的。偶有零星不同的声音，却也最终无奈地沉寂了下去。这当是源于《左传·桓公十八年》中的“文姜如齐，齐侯通焉”一句。

话说两千八百多年前，盛产美女的齐国又一位貌美清丽的公主文姜出生了，她的第一声啼哭是那么婉转动听，这让做父亲的齐僖公心中暗喜，因为又多了一个政治交易的筹码，齐国称霸怕是指日可待了。慢慢地文姜长大了，越发出落得漂亮了，许多男子都为之倾倒，连她同父异母的哥哥姜诸儿也不顾一切地爱上了她。齐僖公不由得有些担心，便开始为文姜物色夫婿。最初齐僖公看上了郑国的太子忽，当然看上的不止是忽的人品和能力，更重要的是郑国在当时的军事地理位置。郑国地处中心地带，齐国要想逐渐强大完成霸业，就必须拉拢郑国，进而使之依附齐国且为齐国所用。不料忽却坚决不同意。齐僖公碰了一鼻子灰，心里很是不爽，可也无奈，因为忽说得振振有词："人各有耦，齐大，非吾耦也。"还引《诗经》中"自求多福"为证。齐僖公的如意算盘最终落空了，又担心兄妹俩的丑事愈演愈烈，十分郁闷。恰巧鲁桓公不知是听闻了文姜的美貌，还是想仰仗大国的力量，冒着戴绿帽子的风险来求婚了，齐僖公自是喜不自禁，应允下了这门亲事。结婚那日，文姜可是出尽了风头，鲁桓公为表示对婚事的重视，特地派了公子翚去迎接，齐僖公也不顾礼仪，亲自护送文姜到讙地。可规格再高的婚礼对陷入兄妹之恋、又被迫以婚姻为筹码的文姜来说，也是没有任何意义的，这根本无法改变未来的痛苦生活。文姜带着对哥哥的深情无奈地嫁到了鲁国。

不知道是不是由于齐僖公的有意阻拦，文姜出嫁十五年都没有回过齐国，直到齐僖公去世三年后，才于鲁桓公十八年（前694）春，谋得和鲁桓公一起去齐国的机会。当时鲁国的臣子申繻曾经劝阻说："女有家，男有室，无相渎也。谓之有礼，易此，必败。"意思是：女人有夫家，男人有妻室，不可以互相轻慢。这就叫有礼，如果违反了一定会坏事的。但鲁桓公并未听取申繻的意见。果然悲剧发生了，最终鲁桓公莫名地死于齐国，文姜也留在了地处齐鲁之间的禚地，继续享受和哥哥的鱼水之欢。

因为这场孽缘，鲁桓公死于非命，放纵的齐襄公（文姜的哥哥）也不得善终，所以文姜背负上了"敝笱"这类似破鞋的千古骂名。

春秋时期的人崇尚含蓄委婉，故而讽刺艺术运用得十分巧妙。这诗便是很好的例证。该诗借写文姜回娘家省亲队伍的浩荡，运用破鱼篓捕鱼的隐语起兴，再辅之以“云”“雨”“水”的隐语，将文姜私生活的放纵婉转地抒写了出来。表面上很热闹，其实暗含着讽喻的机锋。捕鱼、吃鱼本是求偶的隐语，如《陈风·衡门》中：“岂其食鱼，必河之鲂？岂其取妻，必

◎《〈陈风·衡门〉图》

齐之姜？岂其食鱼，必河之鲤？岂其取妻，必宋之子？”诗人借用破烂的捕鱼工具任由鱼儿进出，来暗指文姜私生活的不检点，岂不妙哉！“其从如云”“其从如雨”“其从如水”，看似在写文姜随从的众多及声势的浩大，实则隐含着对文姜放荡生活的指责。《曹风·候人》中：“荟兮蔚兮，南山朝济。婉兮娈兮，季女斯饥。”荟、蔚便是遮日的云，诗借云来喻少女情欲的饥渴。《古诗十九首·行行重行行》中的“浮云蔽白日，游子不顾返”，也以云彩遮蔽太阳来喻男子受到女子情感的蛊

惑。《郑风·风雨》中："风雨凄凄，鸡鸣喈喈。既见君子，云胡不夷？"《鄘风·蝃蝀》中："朝隮于西，崇朝其雨。女子有行，远兄弟父母。"《卫风·伯兮》中："其雨其雨，杲杲出日。愿言思伯，甘心首疾。"雨皆与性爱关联。而《诗经》中涉及水的诗也多与情爱有关，如《关雎》《汉广》《蒹葭》等。诗连用三个皆与性爱有关的隐语，其意不指自明。古人实在高明，微言之中自有大义。

文姜这段畸形的恋情已成过去，可淫荡的骂名却是抹不去的。想必文姜地下有知，也会觉得往事不堪回首。不堪的过去来自扭曲的灵魂，而扭曲的灵魂来自爱的缺乏与压抑。贵为公主又能怎样呢？文姜只能默然了。

（七）瞻望弗及，泣涕如雨：多情自古伤离别

又是一个燕南飞的时节，秋天的雨露打落在身上，丝丝的凉意令人泛起几分孤寂。燕子去了，有再来的时候。你走了，我们还有再相见的时候吗？当听闻朋友就要漂洋过海远嫁他国时，我的心不由得抽搐起来，此时此刻的我只想吟咏那首被誉为"万古送别之祖"的《邶风·燕燕》。

燕燕于飞，差池其羽。之子于归，远送于野。瞻望弗及，泣涕如雨。

燕燕于飞，颉之颃之。之子于归，远于将之。瞻望弗及，伫立以泣。

燕燕于飞，下上其音。之子于归，远送于南。瞻望弗及，实劳我心。

仲氏任只，其心塞渊。终温且惠，淑慎其身。先君之思，以勖寡人。

译成现代文便是：

燕子翩飞，轻盈地舒展着翅膀。我的心情却不能像燕子般轻盈，因为今天是你离开家远嫁他乡的日子。我一程一程地送你，一直送到了很远很远的郊外，你挥挥手含泪作别南去。看着你越来越远的身影，我知道这一生要想再见到你，恐怕只能是在梦中了，我的泪水再也忍不住奔流而出，就像那飞落不断的雨水。燕子依然在欢快地飞鸣着，我却只能久久遥望着那视线无法触及的背影，流下伤心的泪。我怎能放心让你远去，可我又怎能自私地让你留下？从此以后，你再也不能依偎在我的身旁，享受我的庇护，所有的一切都要你一人独自面对。我只能在心底默默地为你祈祷，为你祝福。我知道你从小就老实宽厚，少言寡语，温柔贤惠，谨慎行事，想必到了夫家也能应付自如，想到这里我略微宽心了些。只是这日后，没了你的

守候，我只能想着那早去的先君，以平息内心的孤独与寂寞。

后人多认为这诗是写卫庄姜送归妾的。庄公死后，其宠妾戴妫的儿子完被立为君王，而完却不幸地被他同父异母的弟弟州吁杀掉了，遭此横祸的戴妫不得已只好回到娘家陈国，贤惠的庄姜在送别戴妫时写下了这首悲切的诗。我却没法相信，也不愿相信。试想，有哪个女子能对情敌用情如此，恐怕只能是圣女转世了。况且庄姜悲惨的命运与宠妾戴妫有着莫大的关系。

我宁愿相信这是一首哭嫁的诗。很早就没了丈夫的母亲，一个人含辛茹苦地将乖巧的女儿拉扯大，出落得水水灵灵的女儿就要远嫁他人了，女儿本是母亲身上的肉，当母亲的怎能承受得了这离别的苦痛？她只能以泣涕如雨的方式来释放心中不舍的情怀。“海椒开花尖靠尖，儿今与娘两离分；甘蔗杆儿节节长，乖乖女儿要离娘……”这段黔北民间女儿出嫁之前母亲的哭词，或许正是诗中母亲内心的真实写照。又想起战国时期的赵太后，送女儿燕后出嫁时，伤心地踮起脚后跟不停地哭泣。一边是

◎ 清朝嫁女场面

十分不舍，一边却还要祷告女儿千万别被赶回来。可怜天下父母心！

小时候总不明白结婚本是欢天喜地的事，可为什么要流下伤心的眼泪，等到自己长大出嫁时才有了深切的体会。“嫁出去的女儿泼出去的水”，此时没有了父母的呵护，没有了少女时的无忧无虑，只有对陌生未来的迷茫和不安。离别的那一刻，怎能不肝肠寸断？况且，从前的女子结婚时，很难知晓夫家的真实状况，这未卜的命运更给离别平添了悲戚。当今出嫁的女子遇到委屈随时都可以回娘家，古时的女子却没有那么幸运，她们连回娘家的自由都被剥夺得没剩多少，母亲倘要看看自己的女儿也是难上加难。若是平民家的女儿或许会多一些见面的机会，而那些嫁入深宫或贵族家中的女儿，只能是梦里几时回了。《甄嬛传》中，受宠幸的甄嬛想见父母都很难，更别说失宠的女子了。即使见面了，也得守着所谓的礼仪，相见不能相亲近，空受着煎熬。再如《红楼梦》中的贾元春回家省亲时，虽说是无比热闹，

◎《元妃省亲图》

可她与贾府之间已有一道无形的墙，亲情只能在心中寄存。想到这些，真堪是“黯然销魂者，唯别而已”。

该诗以翩跹起飞的燕子起兴，传达的却是离别难以承载的苦痛。本是风月不关情，却是处处有情寄。从此，燕子成为离情苦别的化身。“燕子来时人送客，不堪离别泪沾衣。如今为客秋风里，更向人家送燕归。”南宋谢翱的《秋社寄山中故人》更将燕子与别情演绎到了极致。

“执手相看泪眼，竟无语凝噎。”（柳永《雨霖铃》）倘能执手相看，纵然流泪也是一种幸福。而诗人却只能远远地凝视着望不见的背影，就像那秋风中的孤鸟，空悲切。那是怎样的离痛已无法言说。“多情自古伤离别。”“晓来谁染霜林醉，总是离人泪。”

（八）予美亡此，谁与？独处：千里孤坟无处话凄凉

生离与死别都是人生最不愿面对的惨痛。生离让人永远悬想，以致“同心而离居，忧伤以终老”；死别让人永远绝望，以致“千里孤坟，无处话凄凉”。世上有情人若能终成眷属，自有道不尽的幸福。但有情的眷属也终有死别，自有说不完的哀伤。《唐风·葛生》便最早以无比悲恸的笔调记下了这绝望的、凄凉的、哀伤的死别。

葛生蒙楚，蔹蔓于野。予美亡此，谁与？独处。

葛生蒙棘，蔹蔓于域。予美亡此，谁与？独息。

角枕粲兮，锦衾烂兮。予美亡此，谁与？独旦。

夏之日，冬之夜。百岁之后，归于其居。

冬之夜，夏之日。百岁之后，归于其室。

◎《〈唐风·葛生〉图》

长长的葛藤缠绕在丛生的荆棘上，白蔹蜿蜒伸展到荒凉的野外。这样悲凉凄清的场景怎能不让人伤怀？更让人伤怀的是物尚在，人已逝。“予美亡此，谁与？独处”“予美亡此，谁与？独息”，在那荒凉孤寂的野外，最心爱的人静静地躺在那里，一个人孤孤零零无人陪伴。诗人哪里是在写爱人的孤独，分明是在写自己失去了伴侣的孤寂与哀痛。想着家里那崭新的角枕和锦被，诗人更是悲从中来，想从前他们双飞双宿，现如今却阴阳两隔，只能各自独守到天明。在此，诗人的哀痛一发不可收拾，没有彼此的日子，白天黑夜都是那么漫长，生死悬隔无法超越，只能让自己的心为对方永远守候。诗人的内心仿佛在说“亲爱的，你且等着我，百年之后，我一定去陪伴你，守候你，让你不再孤单”。

在《诗经》不多的几首悼亡诗中，这首最令我钟情。该诗的起语甚妙。低矮的蔓生植物，无限延展的势头，笼盖着四野的天空，一开始就让你置身于墓地的矮小与空间的广袤相对比的压抑中。楚、棘意象的出现，则让你有种莫名的哀伤和难过。楚、棘还在同样为悼亡诗的《秦风・黄鸟》中出现过，也在哀叹行役悲苦的《唐风・鸨羽》中出现过。一切景语皆情语，这样的景致怎能不让人生出伤痛的情感？后面的问话更是让人黯然伤神，痛彻心扉。这里似乎是诗人伤痛到极致、压抑到极致的爆发，仿佛不曾示弱的心一下子不堪一击，全面破碎。明知道无论日夜都是一个人孤独的身影，却还要一声声问：“一日日，你和谁在一起？一夜夜，你和谁在一起？”问的背后是怎样的孤寂和挚爱，自是不言而喻。“死去元知万事空”“托体同山阿”的人自是无知的，而生死的悬隔对活着的人来说则是难以承受的痛。眼前闪过那依旧光鲜的角枕和锦被，却只能梦里“共剪西窗烛”了。法国作家巴尔扎克在《高老头》中说过：“感情无论在什么东西上面都能留下痕迹，并且能穿越空间。”睹物思人，也只能是“物是人非事事休”，空留遗恨罢了。

在很多人的眼里，时间是疗伤的最好良药。而在诗人眼里，时间却是漫长的煎熬。每一日便如夏至日般漫长，每一夜便如冬至夜般悠长。白天是“守着窗儿，独自怎生得黑”，夜晚是孤枕难眠，辗转反侧。在承受了无限的孤寂后，诗人所有的期盼都化为一个愿望：“百岁之后，归于其居”“百岁之后，归于其室”。活着不能再同锦衾，只有期待死后能同藏墓穴了。乐生恶死是人的普遍情怀，诗人却例外，死对他来说已成了幸福的期盼。

诗不以悼亡为题，却写尽丧偶之悲。直至后来，西晋潘岳为哀悼亡妻，始以“悼亡”为题，写下3首著名的《悼亡诗》。潘岳虽是少有的美男子、大才子，但在私生活上一点也不放纵，对妻子杨氏极为专情。他和妻子杨氏12岁订婚，相爱终身。杨氏在潘岳51岁时逝世，此后潘岳沉浸于思念亡妻的哀痛之中，并未再娶。“潘杨之好”成为千古佳话，他的3首《悼亡诗》也名垂千古。

诗更动人心魄的便是这绵绵的思念不从自己写起，反而从亡人着笔。死者一去万事空，何来情丝惹人怜。怜者应是未亡人，空有悲愁无处诉。读完这首诗便可真正理解苏轼“千里孤坟，无处话凄凉”的心境了。

（九）女之耽兮，不可说也：受伤的总是痴情女

◎《〈卫风·氓〉图》

自古言痴情女子负心汉，多少女子为了爱情伤痕累累，哀怨一生。单是《诗经》，弃妇诗便占了不少的比重，那都是为情所伤女子的悲歌。“女之耽兮，不可说也”，《卫风·氓》中的女子便以如泣如诉的笔调，将自己沉溺于爱情的悲惨遭遇记录了下来。

“氓之蚩蚩，抱布贸丝。匪来贸丝，来即我谋。送子涉淇，至于顿丘。”在她还是少女之时，淇水对岸邻村的一位男子看上了她。聪明的男子以贸丝为由，乘机向她表明心迹。她内心有如小鹿般突突地跳动，情窦初开的她终为男子的热情所打动，不自觉坠入了情网，以致他们情不自禁，私自订了终身，还约定了婚期。那一天，她送了男子一程又一程，直到他渡过淇水，身影消失在顿丘，女子才恋恋不舍地收回她深情的目光。日子一天天过去，女子左等右等，也不见一贫如洗的男子请来媒人，等来的却是男子不耐烦的指责：“怎么你反悔

了，不想嫁我了？”痴情而又单纯的女子赶紧劝慰他：“匪我愆期，子无良媒。将子无怒，秋以为期。”意思是：“亲爱的别生气，秋天一到我就嫁给你。”自那以后，女子的心始终悬着，她每天都要到那高高的墙壁上，看看有没有男子的身影。“不见复关，泣涕涟涟。既见复关，载笑载言。”没有看见女子就忍不住流泪，看见后女子便笑开了花。终于有一天，男子说：“我占卜过了，结果很吉祥。”女子就欣喜地对男子说：“快把车赶过来吧，好拖我的嫁妆。”婚后女子沉浸在甜蜜中，把所有的心思都放在了男子和这个家上，没有留心岁月的侵蚀而导致的容颜的渐变。直到有一天，在女子的殷勤扶持下过上了好日子的男子投来厌恶的眼光，并厉声说：“你这个烦人的黄脸婆是不是该知趣地走了？”霎时，女子愣住了，她不敢相信这是心爱的丈夫说出的话。女子赶忙去照镜子，看看镜子里沧桑的脸，她不敢相信自己的眼睛，这就是曾经让丈夫心动的自己吗？女子的心开始刺痛。所有的青春，所有的精力竟然都耗在了这样一个无情无义的人身上，醒悟了的女子以无比悔恨的口气控诉道：“士之耽兮，犹可说也。女之耽兮，不可说也。”男子沉迷于爱情，可以很容易地摆脱出来，而女子却是穷其一生也很难忘掉。男子曾经信誓旦旦的誓言，现如今都成了谎言，空留下女子在谎言中苦苦挣扎，无法释怀。黑格尔说：“爱情在女子身上显得特别美，因为女子把全部精神生活和现实生活都集中在爱情里或扩大成为爱情，她只有在爱情里才能找到生命的支持力。”（《美学》）其实，不是女子更看重感情，而是男子除了爱情，还有其他，爱情只是他生活中无数波澜中的一个微小的浪花。而女子则被剥夺了其他生活的权利，只赋予了家庭生活的单一权利，爱情就自然是她们的全部了。

贫贱相依富贵相忘似乎是薄情男子的专利。百里奚年轻的时候家境贫困，虽才气过人，却无缘官场。他的妻子杜氏很有见识，鼓励他出游别国谋求前途。临走之前，杜氏宰杀了家里唯一的下蛋母鸡，为他饯行。可这一别，百里奚竟几十年杳无音讯。后来杜氏因生活困顿一路乞讨来到秦国，此时杜氏才得知百里奚已经做了秦国的大夫，悲愤不已的她设法在百里奚府中当了洗衣佣人，并以她的琴声戏剧性地完成了相堂认妻的那一幕。“百里奚，初娶我时五羊皮，临当别时烹乳鸡，今适富贵忘我为！”至今，她愤怒而直白的《琴歌》仍让我们久久难忘。秦香莲独自在家侍奉公婆、照顾孩子，辛辛苦苦地供陈世美应试，陈世美中状元后却全然不顾她的存在，兴高采烈地做了皇家驸马。秦香莲历尽千辛万苦找到陈世美后，却差点惨遭杀害。

也许男人有钱就变坏是惯例，但糟糠之妻不下堂的故事也不是没有。东汉光武帝时，有个大臣叫宋弘，十分贤德，被光武帝任命为司空。光武帝的姐姐湖阳公主不幸死了丈夫，新寡在家，看上了宋弘，就把自己的心思告诉了光武帝。光武帝就跟宋弘探了探口气，看他愿不愿意休掉原配来娶他的姐姐。攀上枝头做凤凰，这是多少人的梦想。结果，宋弘却一口回绝，

◎ 宋弘拒婚

还振振有词地对光武帝讲：“贫贱之交不可忘，糟糠之妻不下堂。”

男子变坏与否，与金钱和富有并没有本质的联系，金钱只是诱因而已，更重要的是男子的内心是不是纯净，是不是葆有对爱情的敬畏和忠诚。有钱就变坏的男子，心中本就没有爱。通过诗中女子的追述，便可知道男子对女子的爱绝不是出自内心的真爱，或许本身就掺杂着功利的成分。倘若男子真爱女子，绝不会不顾及当时的礼仪，更不会想着省下请媒人的钱，而是会给女子一个得到认可和受到祝福的婚姻。人们常说恋爱中的女人最傻，被爱迷了眼的女子终究被狡猾的男子所欺骗。事后的醒悟也无济于事，所以说婚前一定要睁大眼睛。

古代女子一旦被弃，命运自是十分悲惨。《氓》中的女子除了承受被丈夫抛弃的苦痛，还要受到自家兄弟们的耻笑。这样的悲剧在后世也一再上演。《孔雀东南飞》中的刘兰芝被休回家不仅惹娘伤心，还要受哥哥的威逼，最终在改嫁前自挂东南枝。名妓杜十娘，将终身托付给李甲，不料在回家的路上丈夫李甲却把她卖给他人，伤心欲绝的杜十娘最终怒沉百宝箱，投江而死。为情所伤的女子哪有幸福的出路？

在岁月面前，女子和男子无法平等；在社会面前，女子和男子无法平等；在婚姻面前，女子和男子仍旧无法平等，这就必然造成中国古代弃妇的悲惨命运。现如今，女子纵然被弃，但生活却会照样丰富多彩。

（十）燕婉之求，得此戚施：上对花轿嫁错郎

电视剧《上错花轿嫁对郎》极富喜剧色彩，剧中的两位女子虽然阴差阳错上了对方的花轿，可最终都修成了正果，嫁对了如意郎君。这让我想起了《诗经》中的一首诗《邶风·新台》，同是出嫁的女子，她可没有那么幸运，虽然故事同样富有戏剧色彩，但上对了花轿的她却嫁错了郎，以致遗憾终身。

◎ 卫宣公

据《左传·桓公十六年》记载，卫宣公为儿子伋娶齐国姜姓女子，特地在黄河边筑了高台迎接她，殊不知，当卫宣公看到姜姓女子的令人惊艳的美貌时，色心顿起，竟自个儿娶了回去。浑然不知的女子在盖头被揭开的那一瞬间，看到自己所嫁的不是年少壮美的公子伋，而是又老又丑的国君宣公时，十分悲愤地写下了这首诗。

新台有泚，河水弥弥。燕婉之求，籧篨不鲜。

新台有洒，河水浼浼。燕婉之求，籧篨不殄。

鱼网之设，鸿则离之。燕婉之求，得此戚施。

译成现代文便是：

新台高耸入云端，黄河水长漫无边。本要嫁给美少男，谁想是个丑老汉。

新台高耸入云端，黄河水涨浪滔滔。本要嫁给美少男，谁想是个丑八怪。

渔网本为捕鱼设，谁知蛤蟆落里头。本要嫁给美少男，不料错嫁丑矮汉。

诗以新台的高峻壮美和黄河水的奔腾浩荡起兴，来感慨自己命运的卑微；以俊美的燕婉和丑陋的鸡胸汉相对比，突显理想情人与现实夫君的强烈反差。反兴手法的运用，让人生出人不如物的悲戚；对比手法的运用，让人生出无比巨大的心理落差。

公公强娶自己的儿媳，在我们看来是荒诞得多么不合情理，但故事仍然真实地发生了。宣姜多歧的命运也是从那时候开始的。她也曾一度向娘家诉说，试图得到齐僖公的救助，但齐僖公为了自己国家的利益，愣是没有干涉。或许一开始老奸巨猾的卫宣公就料定齐僖公不会插手此事，才色胆包天半路拦截宣姜。可怜的宣姜只得忍气吞声，以花季的妙龄，以如花的容颜，委曲求全顺从了这桩耻辱的婚姻。

宣姜的悲剧还不只是这一件。卫宣公死后，齐国国君襄公将卫宣公庶子公子顽送回卫国，以不忍宣姜寡居之名，又将她配给公子顽。《左传·闵公二年》赫然记载："初，惠公之即位也少，齐人使昭伯（公子顽）烝于宣姜。不可，强之。"公子顽是伋一母所生的弟弟，是强娶了宣姜的那个男人的儿子，这样纷乱的婚配让人何以能堪。不管女子是多么不情愿，却还是又一次被强迫嫁人，可怜的女子永远都不能左右自己的命运。

在经历了人生中最痛苦的煎熬后，宣姜明白在权力和利益面前，爱情和婚姻是多么苍白，从此她便把自己卷入了权利之争。宣姜清楚地知道她只是政治婚姻的牺牲品，因此她只有牢牢抓住政治权力，才会有生存的价值，才能得到想要的生活。从宣姜嫁过去，卫国便内乱不断。先是伋的母亲夷姜自缢，后是王位之争中，卫宣公安排杀手想杀掉伋，而宣姜善良的儿子寿为了救伋只能灌醉他代之出行，结果二人都被杀死，这就是《邶风·二子乘舟》所讲的故事。最终，宣姜的另一个儿子朔坐稳了王位，这或许是宣姜的另一种复仇。畸形的生活，扭曲的心理，当然没有幸福的出路。就如曹禺《雷雨》中的繁漪，被骗到周家，嫁给了无耻的周朴园，从此就再也摆脱不了这无情桎梏下的生活，只能让自己的灵魂也随之堕落。

我常常在想，倘若不是齐地不亲迎的习俗，或许上对花轿的宣姜就不会嫁错郎，也不会走上这条不归路。但转念一想，纵使宣姜被公子伋亲迎回去，入了洞房，贪色的卫宣公照样也会强霸她。无耻的卫宣公连自己的后母夷姜都不放过，公子伋就是他们扭曲的爱的结果，他又怎会放过年轻貌美的宣姜？可叹宣姜啊，梦想着和其他平常女子一样，嫁得好夫婿，做个贤良淑德、相夫教子的好女人，可终究是她的身份和美貌害了她。在男权社会中，卑微的宣姜无法把握自己的命运，她就仿佛是男人手中的一粒棋子，卫宣公娶她是为了满足色欲，父亲、哥哥、儿子利用她是为了满足权欲，又何曾有谁在乎过这个柔弱女子内心的感受呢？或许经历了这么多沧桑的她，火热的心早已变得冰冷。

自古有言“男怕入错行，女怕嫁错郎”，嫁错郎的宣姜一失足成千古恨，可怜的女人拯救不了自己就只能顺势沉沦。

在古代，女人如花，花却似梦，到头来什么都是一场空。

伍

战争徭役故事

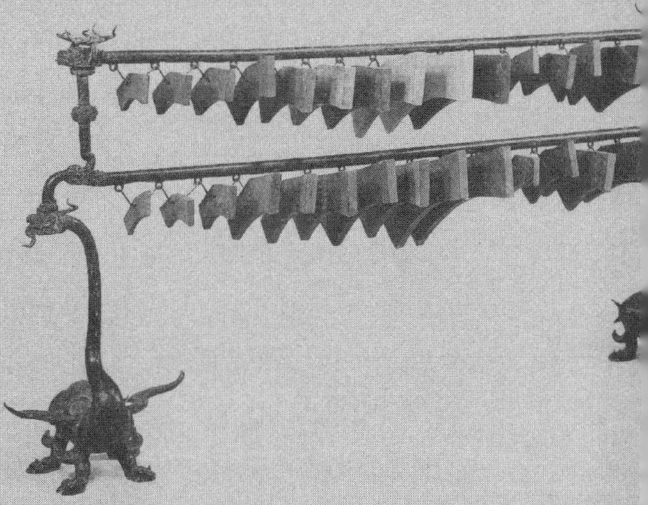

（一）我心伤悲，莫知我哀：战争最是无言的伤痛

《世说新语》记载，谢安问他的子侄们《诗经》中哪一句写得最好，谢玄回曰："昔我往矣，杨柳依依。今我来思，雨雪霏霏。"该诗句竟是出自战争诗《小雅·采薇》。每每读到这首诗，最能打动我的不是这两句，而是最后一句"我心伤悲，莫知我哀"，诗人所有的情感都浓缩在这里面了。

◎《〈小雅·采薇〉图》

该诗写战争，不是从"与子同袍"的万丈豪情写起，而是从怀家开始。"采薇采薇，薇亦作止。曰归曰归，岁亦莫止。"从薇菜刚刚发芽就说要回家，转眼一年到头了，诗人却还在征途中。"靡室靡家，猃狁之故。不遑启居，猃狁之故"以十分平淡的语句交代不能回家的理由，而平淡的语句背后又有着怎样的仇恨、厌恶和无奈，这就需要我们用心去品读了。薇菜已经长出了嫩叶，又说起回家，诗人的内心充满了思归的忧伤。"曰归曰归，心亦忧止。忧心烈烈，载饥载渴"，一边是心理上的折磨，一边是身体上的折磨，让人对战争不得不有一种深切的厌恶之感，进而勾起对温馨宁静家园的无限向往之情。然

而东征西战、奔波不定的战士的那颗思念的心却无处寄托，亲人纵有问候也无法捎来。望着慢慢老去的薇菜，诗人不停地念叨着回家，转眼到了冬十月，本来快到回家的时间了，却又因为战事而变得遥遥无期，诗人的思乡之情愈发浓烈，开始变得“忧心孔疚”了，那是一种有如病魔折磨的忧痛。虽说思乡之情迫切，但战争一旦打响，将士们却一点也不含糊。瞧那装备整齐的战车、高大雄壮的战马、精良好使的弓箭，还有那日日戒备、敢打敢拼的战士。战争之后，诗人终于踏上了归途，原本该喜悦的心却涌动着莫名的悲伤。想当年，杨柳依依，春意无限之时，无论诗人是多么不舍，却仍怀着一份赤诚之心投入了战斗，为保家卫国贡献自己的力量。而如今，经过战争的洗礼，诗人见了那么多生死考验和阴阳两隔，生命的脆弱和人性的丑恶让诗人的心情没法再快乐。纷飞的大雪不是飘落在地上，而是无声无息地飘落在诗人的心上。“行道迟迟，载渴载饥。我心伤悲，莫知我哀。”诗人拖着沉重的步履，忍受着归途的劳顿和饥渴，心里想着，家里的亲人还有几人健在，他们的日子过得是否艰难。战争消耗掉了战士们的青春、生命，这样的阴影怎能挥之而去？

后人多以为“昔我往矣，杨柳依依。今我来思，雨雪霏霏”，是“以乐景写哀，以哀景写乐，一倍增其哀乐”。我却不想作如是解。去时春光无限好，回时冬雪漫天飞，连老天爷都在讽刺这场战争。

特别喜欢“彼尔维何？维常之华”一句。诗人于无比苦闷哀怨的情绪之中，突然看见盛开的棠棣花，棠棣花又是如此娇艳耀眼，仿佛是苦海中的一叶扁舟，沙漠中的一汪清泉。这是整首诗沉郁气氛中唯一的亮色，诗因了这句才有了鲜活的生机，诗人因了这美景才有了保家卫国的激昂斗志。纵是有家难归，也难挡投入战斗的激情与豪迈。

最动人心魄的诗句当是“我心伤悲，莫知我哀”，每每读到这句，便会不由自主地想到那首同样著名的汉乐府《十五从军行》：“十五从军征，八十始得归。道逢乡里人：‘家中有阿谁？’遥看是君家，松柏冢累累。兔从狗窦入，雉从梁上飞，中庭生旅谷，井上生旅葵。舂谷持作饭，采葵持作羹。羹饭一时熟，不知饴阿谁。出门东向看，泪落沾我衣。”这首汉乐府是对这句诗最好的注脚。诗意令我们陶醉，沉淀在诗意背后的哲学意蕴更是发人深省。真是应了黑格尔的那句话：“与其说文学与历史接近，倒不如说文学与哲学更接近。”

薇菜想必也是让人难忘的。一提到薇菜，大家更多地想到的是义不食周粟的伯夷所赋予它的高洁。诗中的薇菜却与高洁无关，它就是普普通通的野豌豆。或许你知道后有些失意，不过它确实只是先民艰难生活中的充饥食物。但在饥肠辘辘的战士眼中，它却是绝佳的美味。而采绿寄相思的固定表达，也使得薇菜成为战士乡愁的寄托。

这首描写战争的诗因了思归和仇怨，被誉为“千古厌战诗

◎《〈豳风·东山〉图》

之祖”。自此，乡愁与豪情并存，哀怨与勇猛并在，构成了中国战争诗的主旋律。无论是《诗经》中的《豳风·东山》《邶风·击鼓》，还是后世其他的战争诗，多充溢着浓浓的乡愁和淡淡的哀怨。王昌龄的《从军行》：“黄沙百战穿金甲，不破楼兰终不还。”多么豪迈，可一句“孤城遥望玉门关”让人仍然无法抹去这份乡愁。范仲淹《渔家傲》中，“四面边声连角起”也难挡“浊酒一杯家万里，燕然未勒归无计，羌管悠悠霜满地。人不寐，将军白发征夫泪”的乡情。这与古希腊的战争诗全然不同。《荷马史诗》写的特洛伊战争，只是为了争夺一个美人海伦，就打了近十年的仗，十年该有多少伤痛和惨烈。不可思议的是，当那些伤痕累累的士兵们看到海伦时，情不自禁地感慨这战争真值。而中国的吴三桂冲冠一怒为红颜却惹来千古骂名。可见，自古以来中国人对战争就无好感。

读完这首诗，我只想说：写战争，无论是多美的意境和诗句，都只能让人无语。

（二）岂曰无衣，与子同袍：同仇敌忾豪情战沙场

记得读过一则关于唐伯虎和祝枝山的故事。一天唐伯虎去造访祝枝山，名士们多不喜讲究礼节，故没有事先打招呼，便径直推门进去了。恰逢暑天，祝枝山脱了衣裤，正在家挥毫泼墨。唐伯虎见之不禁拊掌大笑，脱口而出："无衣无褐，何以卒岁！"祝枝山不甘示弱，也随口对道："岂曰无衣？与子同袍。"说完，两人对视，会心一笑。我也禁不住笑了，真不愧是才子呀！祝枝山所对"岂曰无衣？与子同袍"，便出自《秦风·无衣》，只是此义已非彼义，下面让我们一起去吟读这首诗吧。

岂曰无衣？与子同袍。王于兴师，修我戈矛。与子同仇！

岂曰无衣？与子同泽。王于兴师，修我矛戟。与子偕作！

岂曰无衣？与子同裳。王于兴师，修我甲兵。与子偕行！

漫天大雪在空中飞舞，秦君就着火炉坐在庭堂之上，听臣子们报来外敌入侵的消息，顿时他的胸膛燃起熊熊大火。自秦人入住秦地以来，便很少有安宁的日子，那些西戎总是虎视眈眈，时不时来骚扰一下这本不富饶的国土，怎不让人恼火？更加可恨的是，最近他们连周王室也敢进犯了，怎生了得！秦君拍案而起，他那高大威猛的身材在火光的照映下越发显得彪悍，霸气十足。“是可忍孰不可忍，我们一定要坚决回击，绝不能退让半步！”大臣们也一个个摩拳擦掌，跃跃欲试了。突然一个低沉的声音传来：“秦伯啊，我们的军用储备已经少得可怜了。”霎时，纷闹的朝廷变得寂静无声。是啊，已是寒冬时分，不能让将士们光着膀子、饿着肚子去打仗呀。可这仗要是不打，秦地可就永无宁日了。真让人纠结呀！就在这时，周王的使者到了，带来了王要决战的命令和物资。顿时，上下一片欢腾，高呼万岁。秦人带着这样的热情，迅速地修理好他们的武器和盔甲，浩浩荡荡地出征了。

《诗经》中的战争诗多与思归和哀怨联系在一起，这首却是个例外。诗中全然没有对战争的反感和厌恶之情，有的只是万丈豪情。一句“岂曰”的反问，道出了将士们同仇敌忾的兴奋之情以及视死如归的大无畏精神。面对残酷的战争，将士们没有怨言，因为他们知道怨言不会让战争消失，反而会让自己任人宰割，成为别人的刀下鱼肉。将士们别无选择，只有拿起武器才能找到出路。秦人被周王分封于与西戎相邻的地方，他们是不幸的，可贵的是他们并没有埋怨，而是用自己的实力顽强地与外界的侵扰对抗，为周王打造绝好的屏障，这怎不让人肃然起敬！秦最终能击败六国，统一中国，可知并非偶然。

这不禁让我想起了中国近现代史中的多次战争。那些战士们为了保家卫国，不惜抛头颅、洒热血，以大无畏的精神实现了他们出征前气壮山河的誓师诺言："头可断，血可流，祖国寸土不能丢！"小时候曾无数次为他们的英雄行为所感动，长大后才知道这精神原来一直存在于中华民族的国魂中。正如歌中所唱"这是英雄的祖国，是我生长的地方"。我们从不曾去主动挑起战争，但真有列强来欺负我们，我们也一定会拿起武器去迎接他们。我们爱好和平，并不意味着我们惧怕战争。艰难的抗日战争就是最好的例证。

◎ 申包胥

这诗又不禁让我想起另外一个故事，那就是申包胥哭秦庭。鲁定公四年（前506），吴国军队攻陷楚国都城，楚臣申包胥到秦国紧急求救，起初秦哀公不肯出兵，后申包胥在秦庭墙边失声痛哭，日夜不停，连续七天不进米水，终于感动了秦哀公，秦哀公为他赋下秦地有名的诗歌《无衣》，遂出兵相救。只是到了后来秦人便鲜有这样的义举了。如战国时期，楚国出兵攻打韩国，韩国无力抵挡，焦急的韩王派出络绎不绝的使者，期盼秦能救韩于水深火热之中，可秦宣太后就是不答应，还振振有词地说："今佐韩，兵不众，粮不多，则不足以救韩。夫救韩之危，日费千金，独不可使妾少有利焉。"她只考虑到救韩会耗费国库，却不见韩国千万鲜活的生命在战火中湮灭。世风日下的战乱时期，秦地惯有的义气，尚武的风流也荡然无存了，只剩下《无衣》空唱大地。

《无衣》以其慷慨英勇的气势，谱写了动人的御敌进行曲，激励着后世的中华儿女奋勇沙场，誓死卫国。"黄沙百战穿金甲，不破楼兰终不还。"这一脉相承的勇气和霸气怎能不让我们动容，不让我们肃然起敬？

（三）二矛重英，河上乎翱翔：军人也逍遥

以婚恋诗闻名的《郑风》中竟然也冒出一首战争诗，不禁让人多少有些意外，意外之余，总想看看这首写战争的诗会有怎样的特色，是否也会如其爱情诗一般多情浪漫，这浪漫是血色的还是温情的？且看《郑风·清人》。

清人在彭，驷介旁旁。二矛重英，河上乎翱翔。
清人在消，驷介麃麃。二矛重乔，河上乎逍遥。

清人在轴，驷介陶陶。左旋右抽，中军作好。

◎ 二矛重英

译成现代文便是：

清人驻守在彭地，四马披甲拉车强又壮。两支矛缀着成双红羽毛，黄河之上潇洒翱翔。清人驻守在消地，四马披甲拉车骁又勇。两支矛缀着成双野鸡毛，黄河之上乐逍遥。清人驻守在轴地，四马披甲乐陶陶。左转车来右拔刀，将帅姿势真美好。

果然这诗不同于其他战争诗，既没有豪情也没有哀怨，如此轻松自在，全然不见硝烟四起的景象，反倒似太平盛世下悠哉乐哉的军营生活。强壮的兵马，配备精良、装饰精美的武器，都闲置在那里，成了漂亮的摆设和消遣的工具。怎么会这样？是骄兵还是怠兵，抑或其他？不得不让我们百般猜疑。这或许能从《左传》和《毛诗序》那里找到答案。

《左传·闵公二年》云："郑人恶高克，使帅师次于河上。久而弗召，师溃而归，高克奔陈。郑人为之赋《清人》。"《毛诗序》云："《清人》，刺文公也。高克好利而不顾其君，文公恶而欲远之，不能。使高克将兵而御狄于境，陈其师旅，翱翔河上，久而不召，众散而归，高克奔陈。公子素恶高克进之不以礼，文公退之不以道，危国亡师之本，故作是诗也。"两说基本一致，只是《左传》含蓄，没直接指明讨厌高克的郑人即文公，讨厌文公和高克的郑人即公子素罢了。这便是发生在公元前660年郑国内外纷争的事了。狄人入侵卫国，郑文公怕狄人渡过黄河后进而入侵郑国，就打算派兵去防守。派谁好呢？突然，郑文公眼前一亮，那高克不是一向仗着军功耀武扬威吗？机会来了，就让他永远驻守清邑，就此从眼前消失。高克明知是郑文公暗地算计了自己，但也无可奈何，只得奉命率兵到河上去防御狄人。日子一天天过去了，该换防了，可郑文公丝毫没有召回高克军队的意思。高克无奈，闲来无事，只得在那里秀秀拳脚，展示展示勇猛。手下的士卒自然也无心防守，整天游逛。最后敌军来攻，军队自是溃散而败，高克回不了自己的国家，只好逃到陈国去。真是两败俱伤呀！

孔子尝言："君使臣以礼，臣事君以忠。"（《论语·八佾》）郑文公与高克皆未尽自己的本分。君不似君，臣不似臣。遇到问题，不是积极地协商解决，而是以穿小鞋的方式相互计较，闹得都不得善终。法国作家雨果在《悲惨世界》中曾经说过：“世界上最宽广的是海洋，比海洋更宽广的是天空，比天空更宽广的是人的胸怀。”说得好，却又有几人能真正做到！郑文公缺乏基本的宽容，不顾国家大计，只想整垮高克。高克没有反省改过，更没有发奋图强，只将一肚子怨气发泄在玩乐上。二者都不是明智之人，当然没有明智之举。瞧瞧陈平多聪明，可以一时投靠魏王，一时投靠项羽，两人都靠不住，容不下自己时，就找到明主刘邦，让自己的才华大放异彩。

文公的举动还让我想起了晏婴二桃杀三士的故事。春秋时期，齐景公手下有三个大力士，他们个个勇猛无比，无人能挡，可这三人不懂君臣之礼，常有傲慢无礼之举动，这让众大臣和景公很是反感，于是晏婴便设计让他们自相残杀。先赐给三个大力士两个鲜桃，让他们比功劳，谁的功劳大谁吃。结果，可怜这三个力大无脑的人在争夺中以自杀的方式作了了结。纵是他们曾经无数次于危难之中救了君王的命，可最终不

◎ 二桃杀三士

免死于君王之手，不亦悲乎！臣子倘若做了君王的棋子，当真是可悲的事情。

（四）日之夕矣，羊牛下来：我爱的人儿什么时候回家

如果说女人是一首歌，那么思妇一定是一首动人心弦的悲歌。“守着窗儿，独自怎生得黑”，是寂寞的哀咏；“过尽千帆皆不是”，是守望的悲凄。“君子于役，如之何勿思”，这样的悲歌早于两千多年前就在吟唱。请看《王风·君子于役》。

君子于役，不知其期，曷至哉？鸡栖于埘，日之夕矣，羊牛下来。君子于役，如之何勿思！

君子于役，不日不月，曷其有佸？鸡栖于桀，日之夕矣，羊牛下括。君子于役，苟无饥渴？

◎ 君子于役

译成现代文便是：

我心爱的人儿在服役，遥遥无归期，不知何时才能把家回？鸡儿已经上了笼，太阳已经落了山，成群的牛羊也在下山坡。可我心爱的人儿还在服役呀，叫我怎能不把他牵挂！

我心爱的人儿去服役，没有日来没有月，不知何时才能再相会？鸡儿已经上了笼，太阳已经落了山，成群的牛羊也在下山坡。可我心爱的人儿还在服役呀，难道他就不饥不渴不想我？

落日的余晖疏淡地洒落在女人的身上，家里喂养的鸡儿叽叽喳喳地钻进了笼，远处牛羊正欢快地跑下坡，多么温馨的时刻，然而这一温馨却不属于她。环顾四周，只有她形单影只独自相处，那一刻她的心开始阵痛。她依偎在村口的大树下，任凭秋日的晚风吹痛她的脸，她的思绪随风飘到了很远很远的地方。也是一年的黄昏，他欢天喜地把她迎娶到了家，虽然他家境并不富裕，可两人恩爱无比。眼看在两人的努力下，就要过上好日子了，可天公不作美，突然官府下了命令，村里所有的壮男都要去服劳役。她送走了他，那一刻她表面还很坚强。日子一天天过去了，她的心一天天受着煎熬，后来眼看丈夫归家的日子临近了，她的内心开始怀有几分期许，几分喜悦，可就在前一天的傍晚，丈夫来信了，说官府又派了新的任务，暂时没法回来了。女子的心开始揪着疼了起来，从这以后每到夕阳西下之时，她都带着一脸的忧伤和期盼，不由自主地来到村口守望。日复一日，她娇美的容颜在风雨中逐渐老去，却仍然不见他的踪影。真是花已落，肠已断，曲终人不见。

这首诗让我想起了孟姜女哭长城的故事。孟姜女还能去哭长城，可这女子却无地哭诉，只能默默地思念，默默地等待。任青春年华流逝，任娇颜老去。这首诗还让我想起了在江西赣州进行红色之旅时听到的一个真实的故事。一位女子，自从她的丈夫参军后，她便每天傍晚都习惯性地坐在门槛上静静地等待，日复一日年复一年。其实她的丈夫早在送别的那一晚就已经牺牲了，但没有人告诉她真相，因为谁都不忍心打破她守候的幸福。

◎ 孟姜女庙

这首诗没有华丽语言的修饰，没有哭天抢地的呐喊，只有生活实景的口语化呈现，可仔细品读起来却有着冷落无声的美，这种美让你不得不为它的情感和意境所折服、所打动。该诗的绝妙之处在于选取了黄昏这一诗意而又失意的意象为背景，从而营造出一种富有张力的意境。黄昏注定是个温馨而又悲怆的时刻。柔和疏淡的霞光，让人心底生出无限的柔情和浪漫的遐想。“夕阳无限好，只是近黄昏”，黄昏总是让人有着岁月蹉跎之悲切。黄昏与怀人联系在一起，便让人无端地觉得绝望和感伤。落日下，女子的感伤是淡淡的，淡淡的感伤背后是那绵长无尽的思念，绵长无尽的思念背后是那遥遥无期的身心孤苦。女子竭尽全力也只能轻轻地道一句：“君子于役，苟无饥渴？”在这里，“苟无饥渴”是春心的萌动，是难耐的寂寞。

浓郁的生活气息也是这首思妇诗独有的特色。鸡、牛、羊的归家构成了一幅无比温馨的图画，可连动物都能享有的温馨她却不能享有，这更让人感到一种难言的伤痛。后世的思妇诗或许在意境的营造上更精工，用语上更精妙，却独独少了尘世中该有的物气和人气，也就少了生活的真实感和情感的真切性。

“女人花摇曳在红尘中，女人花随风轻轻摆动，只盼望有一双温柔手，能抚慰我内心的寂寞。”再听听现在的流行歌曲《女人花》，真不知这寂寞的悲歌何时才是尽头。唐代大诗人元稹《行宫》云：“寥落古行宫，宫花寂寞红。”我则有诗云：

“孤影千年在，夕阳独自红。”

（五）焉得谖草？言树之背：给我一杯忘情水

“给我一杯忘情水，换我一夜不流泪”，听着刘德华演唱的这首《忘情水》，我不禁想起了《卫风·伯兮》里一位女子的歌唱：“焉得谖草？言树之背。”意思是：哪里能找到忘忧草，让我把它栽屋后。转眼两千多年已逝，这样的情感的渴求却仍在继续，真让人唏嘘不已，感叹情字的扰人。且看《卫风·伯兮》。

伯兮朅兮，邦之桀兮。伯也执殳，为王前驱。
自伯之东，首如飞蓬。岂无膏沐？谁适为容？
其雨其雨，杲杲出日。愿言思伯，甘心首疾。
焉得谖草？言树之背。愿言思伯，使我心痗。

◎ 为王前驱

清晨，女子端坐于镜前，却无心梳洗，她的心早就跟着丈夫到了千里之外的战场。自从她心爱的人做了国君的先锋，她的内心就没有平静过，因为她知道没准儿什么时候丈夫就悄无声息地出征去了。之前，看着高大威猛、英俊潇洒、才干过人的丈夫，她的心中会无比骄傲，脸上会洋溢着幸福的爱意。现如今，丈夫率军东去，她的视线里再也找不到他的身影，焦虑和思念搅得她心神不宁，原本那么爱美的她全然没了往时的心境，任由自己的秀发变得如飞蓬草般脏乱。看着镜子里的人，她也不由得厌恶起自己的丑态，可转念又想，打扮得再美又能怎样呢？也只是花开无人赏，徒增伤悲罢了。想到这，女子的心情越发压抑了。什么时候才能有一场及时雨，以浇灭我焦灼的思念呀！女子痴心地盼着，期待着能守得云开见月明，期待着那快要干涸的心田被注入清泉。可事与愿违，她没守来甘甜的雨露，却守来了似火骄阳。女子的心更乱了，思念如病魔般住进了她的心，她的脑海中全是丈夫的身影，已容不得其他。她整日整夜沉浸在这无望又无边的思念之中，哪怕是头痛欲裂，她也全然不顾，似乎唯有煎熬才能让她得到慰藉。女子一天天地忍受着思念的煎熬，她甚至觉得自己快承受不住了，她幻想着能够寻找到传说中的忘忧草，让她就此断绝相思，从痛苦中摆脱出来。可她又担心如果真有忘忧草，那她岂不是从此和丈夫变成陌路了。女子终究割舍不了心中的那份情，又一次陷入了无尽的思念之中，哪怕是心成灰，也无怨无悔。

思念是一条河，一条看不见尽头的河。这河淌过千年万年，仍然会让我们心潮澎湃。诗中的女子以最深挚的感情将最浓郁的思念给了最爱的人。虽然不知道故事的结局是悲是喜，但女子的深情已永远定格在我们的脑海中。

该诗让我们记住了“首如飞蓬”和“女为悦己者容”的经典语句，这样的描写已成为后世思妇诗的典范。徐干《室思诗》中的“自君之出矣，明镜暗不治”，李清照《武陵春》中的“风住尘香花已尽，日晚倦梳头”，皆源于此。该诗写尽

◎ 秦嘉徐淑塑像

了女子沉浸于思念中，花容渐损直至无限憔悴的孤寂和落寞。心爱的人不在，“便纵有千种风情，更与何人说？”自是无心化妆打扮了。这让我想起了东汉时期的痴情女子徐淑。徐淑和丈夫秦嘉恩爱无比，不幸秦嘉从陇西到洛阳为官之时，徐淑因病住在母亲家，不能随他而去，也不能和他面别，只能用自己的款款深情写下一封书信。秦嘉为感谢妻子的情意，临行前派人送给妻子明镜、宝钗、龙虎鞋、香料、素琴种种。徐淑感动之余，写下《又报秦嘉书》诉说自己的相思：“昔诗人有飞蓬之作，班婕妤有谁荣之叹。素琴之作，当须君归；明镜之鉴，当待君还。未奉光仪，则宝钗不列也；未侍帷帐，则芳香不发也。”亦如《伯兮》中的女子素颜朝天，以深挚的思念期待丈夫的归来。

该诗最奇特的地方当属“其雨其雨，杲杲出日”和“焉得谖草？言树之背”。前后文都在写思念，突然诗中冒出一句描写天气的诗句，似乎让人摸不着头脑。殊不知，这便是诗的巧妙之处。沉浸于思念中的女子，是多么盼望丈夫奇迹般地出现在她的面前，就好比久旱的庄稼期待甘雨的滋润，所以女子才会有“下雨吧下雨吧”那样急切的期盼。诗人以“雨”的隐语来传达女子内心焦灼的渴望，以日出的自然反象来衬托理想与现实的巨大落差，含蓄深挚新颖别致。真有点后世“东边日出西边雨，道是无情却有情”的味道。在相思郁结不可解之时，突然来一句“焉得谖草？言树之背”，也算是神来之笔了，堪是写尽了女子为情所困的无奈。末了又来一句“愿言思伯，使我心痗”，真叫人直想问这世上情为何物了。

这诗和《君子于役》堪称是《诗经》思妇诗中的姊妹篇。同样是以内心独白的方式，同样是抒发思念，一个是浓得化不开倾语诉说，一个是沉淀心底却淡语说出。一为贵妇，又一为村妇，诗中情致也自是两般。纵是众多的不一，但心中的那份爱却是同一的。只是在战火纷飞的年月，结局多半是唐代陈陶笔下的“可怜无定河边骨，犹是春闺梦里人”（《陇西行》）。

（六）执子之手，与子偕老：今生最浪漫的事

“我能想到最浪漫的事，就是和你一起慢慢变老，直到我们老得哪儿也去不了，你还依然把我当成手心里的宝。”听着赵咏华深情的歌声，我的思绪又回到了“执子之手，与子偕老”这千古爱情誓言诞生的时代。那是一个诸侯纷争、战火纷飞的时代，也是一个情与爱本真流露的时代，还是一个生命渴望真情的时代。让我们一起来读读那首天荒地老的爱情诗《邶风·击鼓》吧。

击鼓其镗，踊跃用兵。土国城漕，我独南行。
从孙子仲，平陈与宋。不我以归，忧心有忡。
爰居爰处？爰丧其马？于以求之？于林之下。

死生契阔，与子成说。执子之手，与子偕老。

于嗟阔兮，不我活兮。于嗟洵兮，不我信兮。

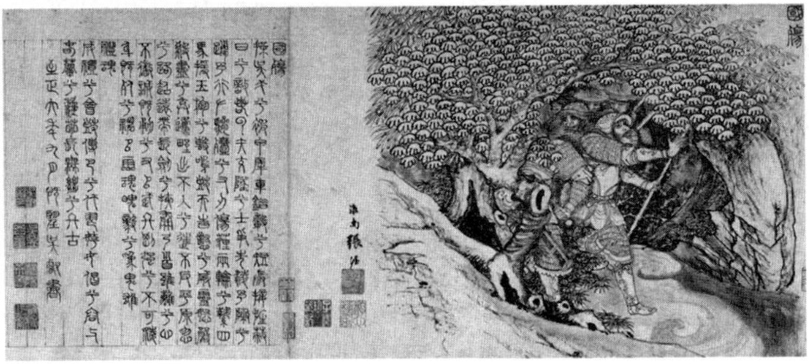

◎《〈九歌·国殇〉图》

战鼓咚咚地敲着，男子的心也开始打鼓，这才刚刚停歇下来没几天，不知马上又要到哪里去征战了。看着曾经的伙伴都忙着修筑城墙，唯独没有安排自己，男子的心里便有一种不祥的预感。果然，军命传来，就男子一个人要随军南行去前线打仗。男子不知道是应该为君王的识才感到高兴，还是应该为自己的不幸感到悲伤。这样说，不是男子不爱国，不愿为国付出。倘若是外敌入侵，男子绝对不会吝惜自己的躯体和热血。可这战争却是要去扰乱别人本来清静安宁的生活，毁灭别人的幸福，同时也断送了自己的幸福。谁都知道春秋无义战，可又能怎么样呢？国君已经派遣将领公孙文仲去联合陈国和宋国了，这仗肯定是要打起来的，男子回家的日子怕是遥遥无期了，想到这里他的心里有一种说不出的忧虑和苦楚。不义之师会是胜利之师吗？男子心里实在没底。怀着这样的忧心，男子无奈地奔赴了战场。

整日里居无定所，四处征战，多少次的激烈交锋已无法记清，多少被无情埋葬的生命也无法数清，一直陪伴男子的战马也不知什么时候不见了踪影。那马为男子迎娶过温柔美丽的新娘，那马也曾无数次驮着男子出生入死，男子怎忍心置它不顾？男子苦苦寻找，终于在不远处的树林下，看见了它红色的身影，它遍体鳞伤，静静地躺在那里，是那么安详，似乎到了梦的天堂，从此不再受纷扰。是啊，死对它来说是一种解脱，是高压生活下的最好归宿，可它的死对男子来说却是噩梦，失掉亲人般痛苦的噩梦。也许有一天，男子也和它一样能够到达天堂。马可以了无牵挂，安然离去，可男子不能。男子怎么能够忍心将女子一个人孤零零地抛下，让她独自承受生活的凄苦和思念的煎熬。他们曾经那么幸福地牵着手儿，互相依靠，在春风中感受甜蜜的爱。从把女子娶进门的那一天起，男子就暗自在内心发誓，今生今世不管生死，不管祸福，他都要为她守候，直到天荒地老。可怎么也没想到，男子竟是这样来不及实现自己的诺言。最终男子只得哀叹："亲爱的，我怕是此生再也无法兑现我曾许下的诺言了。"

诗以跳跃式的语言，为我们讲述了一位士兵的战争经历与情感思绪。没有写战争的激烈，只写了战争的残忍、无情和无奈。命运的不公，战争的不义，奔波不定的行踪，共患难战马的死丧，无法兑现的诺言和无法回归的家园，构成了这首诗痛彻心骨的旋律。

这首诗中最能动人心魄的，莫过于“执子之手，与子偕老”了。那是在无情战火之下，诗人对生命最热烈的渴望和诗人的情感最绚烂的绽放。在大限不知何时就会降临的时候，爱情无疑是最好的慰藉。然而这慰藉却来得如此深痛，难以抓住，以至于诗人禁不住悲从中来，喊道：“于嗟阔兮，不我活兮。于嗟洵兮，不我信兮。”离别如此长久，相距如此遥远，哪能兑现我曾许下的诺言？

最浪漫的爱情誓言却出现在最残忍的战争诗里，我不知道该说什么好。也许正因为生命的无常，才倍感感情的珍贵和爱情的纯真。牵着手儿一起慢慢变老，是今生最浪漫的事，也是最奢望的事。倘若真要一生一世纠缠在一起，不知道这样的话还会不会说出口，更不知道能不能兑现这样的诺言。

“执子之手，与子偕老”是每对相爱的人幸福的期许，于苍苍白发之时，还能和自己的知心爱人对眼相视，开心一笑，回味从前的点点滴滴，不亦乐乎？可叹，天长地久的爱情大多只是神话，从前是，现在更是，至于以后还是不是，就不得而知了。在这样的感慨下，我突然想到了美国著名作家海明威的小说《永别了，武器》。第一次世界大战期间，美国青年弗雷德里克·亨利与英国护士凯瑟琳·巴克莱历经种种磨难，虽然相爱却最终也没能相守到老。他们历尽千辛万苦企图逃离战争的苦海，寻求幸福生活，却遭到意大利军界的追捕，过上了逃亡的日子。在颠沛流离之中，凯瑟琳难产死去，只留下亨利独自一人在外流亡。当爱情遇上战争，相守到老更是痴心妄想。

（七）哀我征夫，朝夕不暇：为了生活而四处奔波

影视作品《农民工》中的农民们对生活的执着曾深深地打动我。为此，我不由自主地吟咏起了《小雅·何草不黄》。

何草不黄？何日不行？何人不将？经营四方。
何草不玄？何人不矜？哀我征夫，独为匪民。
匪兕匪虎，率彼旷野。哀我征夫，朝夕不暇。
有芃者狐，率彼幽草。有栈之车，行彼周道。

又是一年秋冬到，草木已然摇落，凄风已然吹起。茫茫旷野中早已没了牛羊虎狼的身影，到处是一片寂静之景，大约自然万物都躲进了它们温暖的栖身地。那男子的栖身地呢？他低头无语。长年在外奔波，又有哪个女子甘愿为男子独守空床，忍受孤独和寂寞呢！纵有女子甘心嫁给男子，而他又能拿什么让她过上衣食无忧、舒心甜美的生活？罢了罢了，这世道哪个男子不是和他一样四处奔忙。空旷的大地上哪里还有野兽的出

没，就连长毛蓬松的狐狸都躲进了幽深的草丛，只有男子这样的平民奔波的身影在日夜晃动。草儿总有衰败的时候，在生活的重压下，终究有一天男子也会渐渐老去，不再年轻，不再有健康的体魄。可又能怎样，谁会珍惜他，谁会体谅他！没有人可怜他，更没有人拯救他。生活在这样的时代，男子还能说什么？破旧的车轮吱吱地响着，宛如从男子的心底碾过。

是盛世悲歌还是衰世哀音已不得而知，只知道是男子对无休止的奔波劳碌进行的描述，是男子对不得休养生息的诉说。诗以草的枯黄和萎死起兴，来言说生活的艰辛和悲苦，自有一种悲不自胜的凄凉。草本是世上微小卑贱之物，以此来喻指人的卑微，不禁让人生出命贱如草的感慨和任人践踏的感伤。又加上“何”和“不”字，更让人有一种无法逃避和摆脱的无奈之感，进而绝望得也更加彻底。古代借草喻人之境况的诗句有很多，屈原在《离骚》中有“惟草木之零落兮，恐美人之迟暮”，以草木零落喻令人无可奈何的衰老，让人不胜悲凉。《古诗十九首·回车驾言迈》中的“四顾何茫茫，东风摇百草”，“摇”字让人顿生人生无助之感。人不如草，该是何等的伤悲！

接着，诗把猛兽犀牛、虎与征夫进行对比写照，旷冷的郊野上连异常凶猛的野兽都不再出没，而征夫还要日夜操劳，独自行走在这茫茫旷野之中，不得停歇。人不如畜，是怎样的悲凉！最后是狐狸与征夫的对比，长毛蓬松的狐狸，可以躲进茂密的草丛，而征夫只能驾着最简陋的车，奔走在没有人烟的大道上。

生活在底层的平民，无论什么时候都没有安顿平稳的生活。生活对于他们来说，是如此艰辛，又是如此没有着落。《唐风·鸨羽》中的男子整日忙着没完没了的王事，没有时间种植庄稼，只能任田地荒芜，更没有时间和能力侍奉孝顺父母，纵有满腹的不满，也只能对天垂泪、呐喊。《邶风·北门》中的小吏整日忙于王事，鞍前马后马不停蹄，受苦受累，末了还要饱受别人的冷眼和排挤，生活上也是“终窭且贫”，既贫穷又压抑，过得十分不如意。可偏偏有人能够逍遥自在。如《召南·羔羊》《桧风·羔裘》中的那些人可以穿着暖和的羔羊皮袄，于酒足饭饱之余，闲庭漫步，悠闲自在地生活，不

◎《〈唐风·鸨羽〉图》

用去操劳，更不用去服役。这让人不得不感慨：人与人之间差距怎么就那么大！如此一来，就能理解“哀我征夫，独为匪民”的慨叹了。

虽然满怀着不满的情绪，但是又只得无奈地接受不幸的现实，这就是平民的悲哀。

（八）怀哉怀哉！曷月予还归哉：此役遥遥无归期

“浊酒一杯家万里，燕然未勒归无计，羌管悠悠霜满地。人不寐，将军白发征夫泪。”读着范仲淹的《渔家傲》，一下子想到了《王风·扬之水》中征夫的哀叹：“怀哉怀哉！曷月予还归哉？”这又是一个令人伤痛的故事。

> 扬之水，不流束薪。彼其之子，不与我戍申。怀哉怀哉！曷月予还归哉？
>
> 扬之水，不流束楚。彼其之子，不与我戍甫。怀哉怀哉！曷月予还归哉？
>
> 扬之水，不流束蒲。彼其之子，不与我戍许。怀哉怀哉！曷月予还归哉？

那缓缓流淌的河水竟无力承载成束的薪草，面对此景，男子心中升腾起莫大的忧伤。眼看守边的日子一天天过去，却不知道何时才是归期，也不知道曾经携手相爱的她是否还在为自己痴痴地守候。就在他们许下爱的誓言，即将步入婚姻殿堂的那一天，男子接到了戍守边疆的命令。男子找到了女子，是多么希望她能和他相随，让她的爱驱赶他的孤独和恐惧，可在那一刻，她沉默了，退缩了，她不再想牵着他的手。男子知道自己是自私的，遥遥无归期的征途，他不该奢望她为自己守候，可男子却无法自已。脆弱的心就如那河水，盛装不了太多的忧愁和无望，唯有女子才能让男子看到遥远的光亮。

男子以略带怨责的口吻，将孤独的哀思和悠长的思念交织在一起，抒发了久戍边疆不得归的愁怨，是中国式一贯反战情绪的表达。不同的是，这次男子的怨放在了所爱的人身上。也许，对一个身披战袍的男儿来说，战争和死亡并不可怕，可怕的是无常中的无情。当极度摧残生命和精神的戍边生活到来

◎《〈王风·扬之水〉图》

时，连最纯洁最美好最渴望的爱情都成了一种奢望，慰藉不了内心的空虚、寂寞和恐惧，那的确是一件很悲哀的事。唐朝诗人李商隐的《夜雨寄北》云：“君问归期未有期。”许久没有归家，家人总会问及和牵挂，而该诗中的男子却无人询问，“何当共剪西窗烛”只能是永远的梦想罢了。宋代词人李曾伯的《点绛唇》云：“人还记，戍边归未。”而该诗中的男子却无法确定自己是否还为曾经的她所记起。青春的无端消耗，爱情的幻灭无望，怎能不让人忧伤终老！

是啊，爱情本就脆弱，更何况是战争中的爱情！电影《卡萨布兰卡》中的男主人公里克，于第二次世界大战时，在巴黎和伊尔莎一度热恋，并相约一起离开欧洲回美国，然而最终伊尔莎却未如约出现在火车站，失望的里克只得只身一人来到了卡萨布兰卡。遭遇失恋的他看破红尘，低调地经营着咖啡店，直到有一天伊尔莎重新进入他的视线，而此时的她却已成人妻。诗中男子的爱情结局大抵也是如此，可男子依然归心似箭，还在想念着心中的她，因为毕竟那是他生命中曾经出现的一汪清泉。

该诗还涉及了古代女子随军的问题。徐中舒先生说：“古代人口稀少，故每当大战则有时征及壮女及老弱，各司其事；后世人多，始专征壮男为兵。”居延汉简也记载了汉代有随军妇女的内容，《史记·项羽本纪》中还有虞姬随项羽转战南北的记载。这些随军女子多是已婚。无论是战争还是戍边防守，都是艰辛生活的开始，未婚的女子怎会愿将自己的青春空耗在没有未来的疆场？一位失恋战士曾写过这样一首诗："昨夜／又梦见你／我的恋人／你说你喜欢军装／却要把我忘记／尽管梦中的眼睛一次次湿润／但肩负使命的我／只能在远方默默地祝福你……"这便是战士内心煎熬的写照。

戍边男子未成婚这一推断不是我的妄说，关于薪与婚姻的关系，清代学者胡承珙早在他的《毛诗后笺》中已阐明娶妻必以薪起兴。《诗经》中言及薪的诗也多与婚姻有关，《汉广》《绸缪》皆是代表。该诗以"扬之水，不流束薪"起兴，小小的水流流不动成捆的柴草，便暗含着婚姻的无法缔结。无法缔结，女子自是无法和男子一起去戍守边地了，故男子才有"彼其之子，不与我戍申"的哀怨。

喜欢这首诗，是因了"扬之水，不流束薪"这一句，这句诗常常让我想起李清照《如梦令》中的"只恐双溪蚱蜢舟，载不动许多愁"，觉得二者有异曲同工之妙。无形的愁思寄于有形的物体，流水载不动的不是柴草，而是诗人的忧愁。以具象写抽象，实在绝妙。这让人又想起李煜《虞美人》中的"问君能有几多愁，恰似一江春水向东流"。真应了清人李调元《雨村诗话》所言："《毛诗》三百篇，为万世诗原。"

陆

农事田猎故事

（一）采采芣苢，薄言采之：有孩子就有希望

阿方索·卡隆导演的科幻片《人类之子》讲述的是人类濒临灭亡时发生的一系列故事。不知什么原因人类失去了生育能力，虽然医院的太平间繁忙依旧，但是妇产科却静悄悄的，生育的大门就这样被永远关闭了。就在人类绝望之时，一个女子被发现已怀孕九个月，于是各方力量都试图来抢夺这个生命的奇迹，因为他们都知道孩子才是延续未来的希望。孩子呀，原来如此重要！这不禁让我想起了《周南·芣苢》这首诗。

采采芣苢，薄言采之。采采芣苢，薄言有之。
采采芣苢，薄言掇之。采采芣苢，薄言捋之。
采采芣苢，薄言袺之。采采芣苢，薄言襭之。

该诗三章只变换六字，读来是如此紧凑、明快，诗中隐藏的故事却是有悲有喜，婉转曲折，让人对古代无法生育的女人忍不住掬一把同情的泪水，为能够生儿育女的女人送去开心的祝福。诗中采芣苢的女子，便经历了从不能生育的焦虑到怀着梦想的喜悦情感的变化过程。

时光回到两千多年前，一位少妇以无比忧郁的眼神，怅惘地看着别人家嬉闹玩耍的孩子，再瞅瞅自己依旧平坦的肚

子，泪水就禁不住奔涌了出来。转眼结婚已近两年了，不管怎么努力肚子还是不争气，没有一点动静，村里的人见着她都议论纷纷，公婆和丈夫也渐有微词。唉，想到这里，女子的心开始一点点下沉，前不久邻村有一位女子就是因为久婚未育被驱逐出门了。女子感觉自己的生活似乎已经到了悬崖边，无法回头了，一阵绝望的情绪顿时弥漫开来。当女子沉浸在这无望的苦海中时，忽然一阵焦急的呼唤声惊醒了她，原来是娘家母亲托人送信来了。牵挂她的母亲千方百计地不知道从哪里弄来了偏方，就赶紧托人捎给她。女子接过偏方，一下子喜从中来，什么都顾不得，起身就急匆匆地向野外奔去。当一片青葱翠绿的车前子出现在她面前时，她长吸了一口气，赶紧弯下腰采了起来，一把又一把。女子的两只手使足了劲去扯车前子，扯完了，就用她那漂亮的衣襟把它们兜起来。刚要起身，女子又看见地上还有没装完的车前子，就连忙将衣襟扎在腰里直到将它们都装完。女子小心翼翼地兜着它们，就如同兜着一个刚出生的婴儿，一路哼着小曲开心地回家了。

现在的人或者因为计划生育，又或者因为追逐时尚、追求自我生活，要不要孩子已不再是生活的重点，故难以理解古时女子为生育所压迫的苦痛。“不孝有三，无后为大”，生育是人类一开始就十分重视的大事。《周南·螽斯》中的“螽斯羽，诜诜兮。宜尔子孙，振振兮”，以多产的蝗虫起兴，饱含着对多子多孙的期盼和祝福。《唐风·椒聊》中的“椒聊之实，蕃衍盈升。彼其之子，硕大无朋”，以成串的花椒子起兴来喻多子的妇人，充满了赞赏之情。能够生儿育女的女子当然是幸福的，不能生育的女子自是苦不堪言。《卫风·硕人》中的庄姜“巧笑倩兮，美目盼兮”，美艳之极，终因无子落寞一生，为国人闵伤、哀叹。贵族的女儿尚且如此，平民的女儿就更不用说了。

◎《〈唐风·椒聊〉图》

到了汉代，更是将无子列为“七出”之一，女子便在这重重的生育枷锁下艰难地生存。记得曹植有一首《弃妇诗》写得很形象，“有子月经天，无子若流星；天月相终始，流星没无精”。讲述的便是魏时一位叫王宋的女子，嫁给平虏将军刘勋为妻。结婚二十多年后，刘勋爱上了山阳司马家的一个女子。山阳司马家是当时的名门望族，肯定不愿将姑娘嫁给他做妾。

刘勋为了与司马家结亲，以王宋不能生子为由，将她休掉。没有经济独立能力的女子被休弃后是怎样的结局，可想而知。

诗中的女子终究还是幸运的，找到了有助于生育的车前子。这稀松平常的野菜在女子心中是那么珍贵，她怀着欢快的心情，迫切地不知劳累地采摘着，这是因为它们承载着她满心的希望。《毛诗序》也尝言：“和平则妇人乐有子矣。”这便是认识到了芣苢对于生育的药用价值。

该诗短小，三章重唱仅变换六字，全在写采摘野菜的过程，想必很多人读来都觉得平平。可要是读了方玉润在《诗经原始》中对该诗的鉴赏品评，恐怕又要另当别论了。方玉润说：“读者试平心静气，涵咏此诗。恍听田家妇女，三三五五，于平原绣野、风和日丽中，群歌互答，余音袅袅，若远若近，忽断忽续，不知其情之何以移，而神之何以旷，则此诗可不必细绎而自得其妙焉。”掩卷而思，这样的解说十分曼妙，可仅仅将这首诗作为单纯的劳动诗，那便失去了该诗所蕴含的文化意蕴。

（二）十亩之间兮，桑者闲闲兮：桑园里的优游与浪漫

多年来记忆中总晃动着老家桑园的热闹，那里有儿时伙伴嬉闹的身影，有偷摘桑葚的乐趣，现如今听闻桑园已不在，

桑树全被白杨树取代，刹那间真有点沧海桑田的感觉。失意之时，拿起《诗经》，不经意间读到了一首关乎桑园的诗，顿时感觉似乎又回到了那简单快乐的时光。这首诗便是《魏风·十亩之间》：

十亩之间兮，桑者闲闲兮，行与子还兮。
十亩之外兮，桑者泄泄兮，行与子逝兮。

夕阳的余晖透过斑驳的树影，洒落在宽广的桑树园，青翠欲滴的桑叶随风沙沙地响着，那声音犹如动听的歌谣，劳作了一天的男男女女们慵懒地依靠在桑树上，享受着春风拂面，落日温馨，同时又借机寻寻觅觅，碰见了心仪的便彼此交换眼神，心领神会，再喊一声妹子哟或哥哥哟回家啦。于是桑园里

◎《采桑图》汉画像砖

里外外到处都是亲密的身影，这些男男女女们伴着欢声笑语携手而归。

春天是最撩人的季节，爱情会不知不觉在心中滋长。就如乐府诗《采桑度》所唱："蚕生春三月，春桑正含绿。女儿采春桑，歌吹当春曲。"当采桑女窈窕的身姿随着桑树枝叶一起摇摆的时候，女子的心也在萌动，男子的眼神便开始抵挡不了诱惑，故事就这样发生了。爱让他们忘记了劳作的辛苦，忘记了紧张与繁忙，他们徜徉在爱河里，优游自在。后人是"偷得浮生半日闲"，他们则是偷得月下桑间会。古时候，爱情往往就在田间劳作中慢慢滋生、发芽、结果。

整齐的四言加上六个"兮"字，又有叠语"闲闲""泄泄"，于是节奏一下变得舒缓，气氛一下变得闲适，全然没有劳作时的紧张与急促，只让人觉得轻松愉快，甚至还有些陶渊明笔下的"带月荷锄归"的诗意和浪漫。这与《豳风·七月》中的"女心伤悲，殆及公子同归"的气氛迥然不同，却和《鄘风·桑中》中的"期我乎桑中，要我乎上宫，送我乎淇之上矣"的情感和风格比较接近。同是桑，一个是悲伤，一个是喜悦，其中的差别就在于爱与不爱的自由。自由的爱情是放飞的小鸟，可以逍遥自在地徜徉与翱翔，尽情享受人间的欢乐。不自由的爱情是杯苦酒，只会让人心碎神伤。后世诗中的采桑女多与悲情和不幸相连，如《陌上桑》中的秦罗敷美艳无比却要遭受贵族的调戏。而该诗中的采桑女却是人们眼中幸福的女神，她们在没有后世礼法约束、没有凌强欺弱的环境中，自在地享受着平凡生活中的美好爱情。

桑在上古是平等恋爱和自由结合的象征。《列子·说符》记载了春秋时期的一则故事：晋文公领兵出发准备攻打卫国，公子锄见之仰天大笑，晋文公问他笑什么。公子锄说：“我是笑我的邻居啊！当他送妻子回娘家时，在路上碰到一个采桑的女子，便按捺不住去和采桑女搭讪，可当他回头看自己的妻子时，竟然发现也有人正在勾引她。我正是为这件事而发笑呀!”晋文公听了之后，领悟了他所说的话，就打消了进攻卫国的念头而班师回国，还没回到晋国，就听说有敌人入侵晋国北方。这当然只是个笑话，笑话的背后我们可以寻绎到上古文化的遗迹。桑园是个让人怦然心动的地方，是两情相悦的好处所。这一文化习俗的形成恐怕要追溯到原始生殖崇拜了，桑树多籽，在桑园中结合便含着对多子多福的期盼。

桑因了与爱情有关，入不了后世卫道者的法眼，本是代指男女正常幽会的“桑间濮上”、男女自由结合的“桑中之喜”成了“纵情声色、男女淫逸”的代称。《左传·成公二年》记载，楚国的巫臣带走全部家财离开楚国，准备去寻求与夏姬的鱼水之欢，被申叔跪碰见了，申叔跪便讽刺说：“怪哉！这个人有肩负军事重任的戒惧之心，却又有桑中约会的喜悦之色，可能是要带别人的妻子私奔吧！”“桑中之喜”又成了嘲讽色心的话语。又清朝钱泳《履园丛话·鬼神·陈三姑娘》

云："（陈三姑娘）年十六七，美丽自命，有桑间濮上之行。其父觉之，遂沉诸湖。"陈三姑娘要是能回到《十亩之间》的时代，就不会有这样悲惨的命运了。

现如今，男女恋爱自由了，可再难寻见那郁郁葱葱的桑树林了，也难闻那桑园里外的一片欢声笑语了。

◎ 夏姬

（三）不如叔也，洵美且武：力与美的炫动

曾几何时，玉树临风的白面书生一度成为女人们的最爱，"力拔山兮气盖世"的雄性之美已在历史的风沙中成为过去。随着伪娘时代的来临，已难见往日男子的英武和野性的力量之美了。当下什么都在变，美男子的标准也不例外，只是对美的欣赏和追求没有变。且去看看两千多年前《郑风·叔于田》中的美男子是何等模样。

叔于田，巷无居人。岂无居人？不如叔也，洵美且仁。

叔于狩，巷无饮酒。岂无饮酒？不如叔也，洵美且好。

叔适野，巷无服马。岂无服马？不如叔也，洵美且武。

◎《狩猎图》

这是一个雪后初晴的日子，地上的积雪还未融尽，残雪斑斑驳驳地点缀在树间、屋顶，甚是美丽，暖暖的阳光照在身上，让人有着初春的错觉。一个身着豹纹兽皮猎服的翩翩美少年出场了，只见他手持美玉装饰的弓箭，驾着四匹鬃毛丝滑的黄马拉的车准备狩猎去了。过往的路人以及左邻右舍都惊呆了，直到他的马车已飞驰出去，远得看不见了，人们才回过神来，开始议论纷纷。在嘈杂的议论声中，只见一位少女痴痴地望着远方，神思已跟随少年到了狩猎的地方。她似乎看到少年弯弓射下了高空中飞翔的大雁，又似乎看到少年在和猛虎赤手空拳地格斗，还似乎看到他得胜归来畅饮的模样。她深深地陶醉其中，耳边传来了呼唤声，她却浑然不知，他已成了她眼中的唯一。在她的眼中，没有谁再比少年更高大帅气，尤其是他身上那种有着生命律动的阳刚之美更是让人着迷。他力大无穷又善解人意，他武艺超群又机智无比，堪称力与美的完美结合，这样的男子怎能不让人心动！

该诗没有对男子外貌进行具体描写，只用了烘托渲染和对比的表现手法，我们不知道他究竟美到什么程度，只知道周围所有的人在他面前都黯然失色，那该是怎样的美，足可以让我们充分发挥想象去揣度，从而让我们心中都有一个属于自己的美男子。这样的描写会让人情不自禁地想到《特洛伊》中的海伦，当长老们都在谈论为一个女人打十年的仗值不值时，海伦出现了，刹那间，士兵们觉得为了她再战十年也值得。这手法实在高明，不费多少笔墨，便可以让所有的人为之倾倒。

《郑风·叔于田》中对男子美的表现既着力于强健的力美，又着力于品性的仁美。这和紧接其后的《郑风·大叔于田》不一样，《大叔于田》是全力刻画男子勇猛的力美。对力美的追求，是那个时代的普遍风气。《郑风·羔裘》中的“羔裘豹饰，孔武有力。彼其之子，邦之司直”，《周南·兔罝》中的“赳赳武夫，公侯干城”，《卫风·伯兮》中的“伯兮朅兮，邦之桀兮。伯也执殳，为王前驱”，莫不赞扬男子的刚勇。在古代，田间劳动、打猎、打仗、对自然和其他部落的征服等等都需要强健有力的身躯，故对力美的推崇是最自然不过的了。《左传·昭公二十九年》记载了这样一则故事：贾大夫长相丑陋，娶了一个美女做妻子，结果妻子三年都郁郁不乐，后来他以高超的狩猎技术博得了美女妻子的一笑，也因此赢得了她的芳心。随着礼仪文明的推进，除了力美，道德修养也逐渐进入了人们的审美视野。孔子讲：“文质彬彬，然后君子。”（《论语·雍也》）此种美当是野性与文明的融合之美。诗中的男子便是这两种美的完美结合。在他的身上既有原始古朴的自然野性美，又有礼乐文化渲染的人文美。真算得上当时的人中极品了，时至今日，我想也会让众多女子为之倾倒。

◎《胡人出猎图》

这是一首写打猎男子的赞歌。在刀耕火种的时代，打猎是男人的必修课，在追逐动物的驰骋及与动物的搏斗中，他们练就了强韧有力的健美肌肉，这使他们身上自然而然地闪耀着狂野的力美。他们用武力征服了猎物，同时用魅力赢得了女子的芳心。正如劳动与爱情分不开一样，打猎与爱情也成双入对。

该诗中的男子以他的力美让女子眼中只有他，容不下别人，《野有死麕》中的男子用猎物收获了爱情，《女曰鸡鸣》中的男子因打猎而拥有了“琴瑟在御，莫不静好”的美满婚姻。

人们常说：“爱美之心，人皆有之。”不仅仅是男子爱美女，女子也爱帅哥。潘岳年轻时，乘车到洛阳城外游玩，不少女子见了他，都会忍不住怦然心动，围堵着他的车，甚至忘情地跟着他走。还有一些年纪大的女子不好意思这样做，就用水果来投掷他，以至他每次外出都能满载而归。他也因此吓得不敢出门。同时代的左思，也学着潘岳的样子去郊游，但终因他相貌奇丑，害得女子往他车上吐唾沫、扔石头，结果他满载而归的是石头。同样是才子，相貌的美丑不同，所受的待遇也迥然。力与美炫动的“叔”自然是招人爱了。

在这个宅男宅女盛行的时代，强悍、彪勇之类的阳刚之美已难寻见，只剩花样美男独领风骚了。曾经令万人空巷的“叔”生在今天恐怕会是让人生畏的另类了。

（四）萧萧马鸣，悠悠旆旌：不同凡响的狩猎盛会

记得小时候，老人们常讲村外的小山林里会有野狼出没，很恐怖；有时到山上放牛会心惊肉跳，很怕一不小心踩到蛇；偶尔在麦田劳作时，还看到美丽的野鸡腾空飞起；屋后的树林里也常有黄鼠狼之类的动物窜来窜去；也会常常见到村里的人

背着猎枪漫山遍野地转来转去。虽然这些记忆的碎片已逐渐斑驳，但是对狩猎的敬畏和对野兽的害怕仍然还在，有时候还会忍不住生出几许向往之情。现在，野生动物越来越稀少，打猎也不再是随心所欲的事了。所幸我们还能在文学读本中见到几千年前人们打猎的场景，《小雅·车攻》便是众多田猎诗中的名篇，它以实录的笔触真实地再现了周天子狩猎的盛况。

我车既攻，我马既同。四牡庞庞，驾言徂东。
田车既好，四牡孔阜。东有甫草，驾言行狩。
之子于苗，选徒嚣嚣。建旐设旄，搏兽于敖。
驾彼四牡，四牡奕奕。赤芾金舄，会同有绎。
决拾既佽，弓矢既调。射夫既同，助我举柴。
四黄既驾，两骖不猗。不失其驰，舍矢如破。
萧萧马鸣，悠悠旆旌。徒御不惊，大庖不盈。
之子于征，有闻无声。允矣君子，展也大成。

一个草丰物茂的夏日，诸侯们接到天子要狩猎的旨意后，便急忙令人备好良马，修葺整理好出行的车子，之后就驾着四匹高大雄壮马儿拉的车嘚嘚地向东跑去。东边有大片绿油油的草地，正是打猎的好地方。远远地就能看见天子和众人聚集在那里。士卒们争先恐后地展示各自的本事，希望能成为天子青睐的射手。天子周围站满了精心挑选的猎手，他们手中摇动着龙旗和龟蛇旗，让旗子在风中尽情地飞扬，那众多的旗子几乎都要遮天蔽日了。接着他们一边呐喊一边骑着骏马围着野兽展开追逐与格斗，那场景甚是热闹，让人一下子想起了苏轼笔下的“千骑卷平冈”。诸侯们纷纷戴上红皮护膝，穿上亮闪闪的金头鞋，走下威武雄壮的马车，陆陆续续地拜见天子。天子见人来齐，也开始整装待发了。他不慌不忙地套好扳指，戴上手套，神态自若地将弓箭调到最佳状态。射手们自觉地合拢来，随时准备帮天子抬猎物。所有的准备工作完毕后，天子便驾着马车风卷一般驰骋起来，两边赶马车的人也丝毫不敢懈怠，配合着天子的步调。只见天子弯弓射箭，随后无数只狂奔的动物命丧黄泉，真可谓是箭无虚发。之后手下的人们便开始忙不迭地搬运着天子的战利品，并向天子投来敬畏的眼神。诸侯们也站在那里，为天子的射技所折服。

太阳慢慢西移下去，天边的霞光和车上被血染红的猎物交映在一起，分外夺目。马儿自得地鸣叫着，享受着胜利的喜悦，旌旗也悠扬地在余晖中翩翩起舞。驾车的人们不紧不慢地拉着缰绳，尽着各自的职守，大厨们也有序地忙碌着，没有一丝的手忙脚乱，做出的菜肴虽不多但香甜可口，让人回味无穷。

诗以宏阔的场景再现了周代天子狩猎的完整过程。狩猎是先民们生活的重要部分，纵然是贵为天子也不例外，不过天子的打猎和百姓的打猎有着不同的意义。就如“醉翁之意不在

◎ 东周墓天子驾六车马坑

酒”一样，天子狩猎的目的不在于狩猎，而在于借狩猎来展示他强大的军事力量和威仪，并借此联络和威震各方势力，使之臣服，为其效力。故该诗写狩猎重点在于渲染天子的威武气势和和谐有序之美。借写与会诸侯的严整、精心装备、有序朝见来衬托天子尊贵而不可撼动的地位，以卒徒的积极主动和勇猛来显示天子的威信与魄力，又通过直接写天子射术的精湛来展现天子无人能敌的非凡气度。最后通过写田猎后众人和乐、井然有序、享受美味佳肴的场景，赞扬了天子文治武修的好德行。“允矣君子，展也大成”，可谓是点睛之笔，这样的天子摄政怎能不天下大治！

后世帝王承周制，也继续着狩猎活动，在娱乐中进行人与人之间的较量，聚结政治力量。史上最有名的狩猎当是曹操陪同汉献帝的许田打围了。在去猎场的途中，曹操竟然和汉献帝并马而行，打猎时一只大鹿从草丛中奔跑出来，献帝连射三箭不中，只得命曹操来射，曹操拿起献帝的宝箭，利箭一出正中鹿背，大臣们见是献帝的金铍箭，以为是献帝射中，齐来道贺，欢呼万岁，不料曹操纵马前出，挡在了献帝前面，只把众人惊了一身冷汗。悲乎哉，本应是充满乐趣的打猎却变成了政治斗争。

有人解此诗为贵族狩猎之诗，我却以为是天子狩猎之诗确凿无疑。“四黄既驾，两骖不猗”，正是天子驾六的力证。关于天子是否驾六，早在东汉郑玄和许慎之间就有争论，郑以为天子驾四，许以为天子驾六。直到20世纪初东周王城遗址的发现，这个谜底才得以揭开。文物部门在遗址区域内探得古墓、车马坑、马坑多余座，其中就有保存完整的天子驾六的车马坑。

极喜欢诗中的名句“萧萧马鸣，悠悠旆旌”，本是用来写战争旗开得胜的热闹场景的语句，却用来写打猎完毕后的悠闲景象，正显露出了隐藏在打猎背后的深层意蕴，不得不让人感叹作者的用语之妙。杜甫《后出塞》中的“落日照大旗，马鸣风萧萧”袭用了此句，杜甫正是以诗人的敏感嗅出了和乐里的硝烟。

（五）彼君子兮，不素餐兮：谁说世上没有免费的午餐

“天上不会掉馅饼”“世上没有免费的午餐”，是现在人常挂在嘴边的话。要说馅饼，天上可真掉不下来，但免费的午餐这世上却有，大家若不信，就请看《魏风·伐檀》吧。

坎坎伐檀兮，置之河之干兮，河水清且涟猗。不稼不穑，胡取禾三百廛兮？不狩不猎，胡瞻尔庭有县貆兮？彼君子兮，不素餐兮！

坎坎伐辐兮，置之河之侧兮，河水清且直猗。不稼不穑，胡取禾三百亿兮？不狩不猎，胡瞻尔庭有县特兮？彼君子兮，不素食兮！

坎坎伐轮兮，置之河之漘兮，河水清且沦猗。不稼不穑，胡取禾三百囷兮？不狩不猎，胡瞻尔庭有县鹑兮？彼君子兮，不素飧兮！

清澈见底的黄河水，在微风吹拂下泛着点点涟漪，涟漪一圈圈荡漾开来，亲吻着河岸。一阵阵清脆的咚咚声打破了这清晨的宁静，只见不远处的树林里，一群人正在紧张地忙碌着。他们拿着工具齐力砍伐着高大繁茂的檀树，然后又吭哧吭

◎《弥勒经变·耕获图》

哧地将它们拖到岸边堆放。大颗大颗的汗珠从头上滴落下来，他们偷偷地向前面晃动的几个人影瞟一眼，趁那几个人没注意，赶紧擦擦汗，就又开始干活了。那几个人究竟是谁呢？抬眼望去，只见几个穿着锦绣衣服、体态肥胖的男子，正悠闲地拿着扇子扇着凉风，你一言我一语悠闲地聊着天，还时不时地朝他们呵斥几句，这分明是监管他们的大人老爷们。唉，人与人之间的命运怎么这般不同呢？伐木工人忍不住地在心底暗暗感叹。看看那些人，他们从来不种庄稼不干活，可家里的粮食却堆成山，他们从来都不去狩猎，可诸如大兽、獾子、鹌鹑之类的猎物却挂满庭院。不是说君子无功不受禄吗？怎么这些占着所谓大人位子的人，却能不劳而获呢？这世上真有免费的午餐呀，可这免费的午餐却与平民百姓无缘。愤愤不平又能怎么样？还是得冒着风险辛苦把活干！

是啊，命运怎么如此不公！辛勤劳动的人得不到片刻的享受，不劳动的人反而过着富足闲适的生活。所有的辛劳都为他人作了嫁衣裳，与自己毫无关系。这世界究竟怎么了？不仅诗人会问，千年以后的我们同样也会问。“世上没有免费的午餐”，本该是通行的定律，而定律却被打破，打破定律的恰是那些懒惰却又作威作福的人，怎不让人愤怒！

诗中没有精工美妙的语言，也没有对社会现象的高深理论总结，只是用实录的笔法将当时真实的生活情态揭示了出来。句句拷问之中，充溢着对社会分配不公的不平之气的宣泄和对不劳而获者的怒责。在实录与直刺笔法之外，诗人又以黄河水清、波光粼粼的场景描写，含蓄地表达了对社会不清明的讽刺和对美好生活的渴望。河水尚且是清澈的，贵人君子们却是污浊不堪的，鲜明的对比之中顿让人生出对不劳而获者的厌恶之情。“圣人出则黄河清”，在极度不平之下，诗人只好寄予圣人出世，期待明君拯救他们。可这也只是一厢情愿的期待而已，“俟河之清，人寿几何？”（《左传·襄公八年》）是啊，那终是遥远的梦想。美好的景致只是徒增伤悲罢了，这样的伤悲怎能不让他们怒骂所谓的君子？那么一点点的自然美景也随着这样的伤悲和怒骂悄然萎缩，让人慨叹不已。

无功不受禄是有羞耻之心人的底线，古往今来莫不如此。早在殷末周初之时，有一位叫商容的殷朝遗民，周武王十分欣赏他的贤能，想任命他为三公（古代臣子的最高官职，德才兼备者居之），但他认为自己愚笨又无勇猛之力，德才皆不足以任三公职位，便婉言谢绝了大多数人费尽心机都想谋得的高官厚禄。春秋时期，晋文公手下的最高司法长官李离，因听信手下人汇报的案情，将人错判了死刑，于是将自己拘押起来，请求晋文公治他死罪。晋文公认为不全是他的错，打算赦免他，结果他自己认为不妥，不顾晋文公的劝阻，伏剑自杀。这便是史上有名的李离伏剑。李离舍生取义，赢得了后世人的尊重和景仰。唐代大诗人白居易任盩厔（今陕西周至）县尉时，主管征收捐税一事。一日，他来到田间，目睹老百姓的艰辛后，便写下了著名的《观刈麦》。诗云："家田输税尽，拾此充饥肠。今我何功德，曾不事农桑。吏禄三百石，岁晏有余粮。念此私自愧，尽日不能忘。"面对辛勤劳作却忍饥挨饿的百姓，白居易不禁对自己无功劳却能衣食无忧感到深深的愧疚。

◎ 商容

尸位素餐是贪婪无耻人的行径，却是有良知者心中的痛。汉魏诗人王粲《从军诗》曰："我有素餐责，诚愧伐檀人。"正是有着这样的忧思和反思精神，王粲才会努力奋进。可惜的是，有良知的人能管好自己，却管不了芸芸众生，因而伐檀者的痛苦总是存在的。宋朝诗人张俞的《蚕妇》云：“昨日入城市，归来泪满巾。遍身罗绮者，不是养蚕人。”还有白居易的《卖炭翁》、丹麦安徒生的《卖火柴的小女孩》等等，展现的无不是这样悲伤的境况。

唐代大诗人罗隐《蜂》诗云：“采得百花成蜜后，为谁辛苦为谁甜？”伐檀者当然知道，可知道又能怎样，这便是世道的悲哀。

（六）七月流火，九月授衣：古老的四季歌

夏天有冷气，冬天有暖气，随时随地都有各种各样新鲜的蔬菜和水果，让你分不清春夏与秋冬，在感慨日子越来越好，生活越来越富足的同时，却发现大自然离我们越来越远。嘴里嚼着反季节的果蔬，却已全然没有了儿时记忆中的香甜；炎炎烈日，已寻找不到昔日挥汗如雨的感觉。我们的四季哪里去了？怕也只能去古书中寻觅了。我一下便想到了《豳风·七月》，这里有着先民一年四季的歌唱。

诗歌从周历的一月唱起，唱遍春夏秋冬十二个月份。“一之日觱发，二之日栗烈。”周人的一月便是农历的十一月，此时天气严寒，凛冽的冬风穿透豳人的肌肤，有一种刺骨的痛。

可怜的豳地老百姓没有棉衣抵御冬日的寒冷，只能将破屋子的窗户封得死死的，再紧紧塞住老鼠出入的洞穴，好让自己暖和一些。可怜他们猎来的狐狸和貉的皮毛，被制成了公子们的裘衣，他们用丝麻织染的布，也成了公子们鲜亮的衣裳，而他们却只能怀着哀伤的心情唱出自己的心声："无衣无褐，何以卒岁？"唱完歌，生活还得继续，到了周历的三月，也就是我们今天的正月，他们就得拿出翻地的耜，修理好后准备着下个月到地里劳作。这就是诗里所说的"三之日于耜，四之日举趾。"在地里辛勤劳作的他们，为讨田官的开心，还得特地嘱托妻儿赶紧到田间送饭。

"春日载阳，有鸣仓庚。女执懿筐，遵彼微行，爰求柔桑。"转眼已是温暖的春天，黄莺们在枝头快乐地歌唱，一群群姑娘们提着大篮子，沿着小路寻找柔嫩的桑叶。明媚的阳光洒在她们的身上，在无限的春光中她们忙碌地采摘着桑叶，装满了一筐又一筐。她们欢快的歌声穿透桑林，竟引来了公子们贪婪的眼神。那些贵人公子们看见那一如满园春色的姑娘，便粗暴地强行将她们带走。"女心伤悲，殆及公子同归。"可叹如花般的姑娘在春天就这般凋谢了，怎不让人伤悲？

"四月秀葽，五月鸣蜩。"师姑草悄悄吐穗了，蚂蚱蹦跶出来了，纺织娘扇动着翅膀开始齐声歌唱了，知了也凑着热闹在不停地鸣叫，炎炎夏日到来了，这对无衣无褐的百姓来说算是好日子了，因为没有了穿衣的烦恼。熬过了漫漫长夏，终于盼来了收获的季节。瓜、豆、枣、葫芦、麻籽、稻米等等莫不果实饱满，惹人喜爱，让人眼馋。享受了丰收的美味之后，他们又要忙着为冬季储备苦菜和柴火，还要把各种粮食给主人送去，更要酿造美酒以备大伙春天享用。因为要忙着割茅草搓成绳为主人修屋顶，所以根本没有时间修缮自己破烂不堪的房屋。冰冷的冬天，他们不能躲在屋里生火取暖，却要到外面去凿开冰块，把它们放到窖里来储藏食物。闲暇之日，还得到野外去打猎，猎来的小猎物可以归自己享有，大猎物却要奉献给公家。终于盼来了祭祀过节的好日子，他们忙着宰杀羔羊、拿出美酒，然后来到公堂，举起酒杯为生命的长存共祈祷。“以介眉寿”“万寿无疆”是他们永恒的愿景。

◎ 战国青铜器上采桑场景

这古老的四季歌里，记录着先民的艰辛，也透露着他们生生不息的坚韧。春日的美景、夏日的热闹、秋日的丰收，那是老百姓们片刻的欢笑，欢笑背后沉淀的是他们的酸楚和顽强。无论日子多么艰难，无论时世如何不公，他们都会执着沉静地面对生活。正如《苦乐年华》所唱："生活是一团麻，那也是麻绳拧成的花。"这让我想起了张爱玲的一句经典名言："生命是一袭华美的袍子，上面爬满了虱子。"读完《七月》，我觉得我没有资格去计较华美袍子上的虱子了，更没有资格再去追求小资的情调了。

"七月在野，八月在宇，九月在户，十月蟋蟀入我床下。"该句以蟋蟀的活动来写季节的变化，充满着原始自然的气息和生命的灵动。尤其是"蟋蟀入我床下"更有着物我相慰、相乐的意趣。后世苏轼的"春江水暖鸭先知"也堪称绝唱了，可其中的人与自然却始终有着一层淡淡的隔膜，少了《七月》中那份人与自然的浑然和乐。

最令人感伤的便是"女心伤悲，殆及公子同归"。女子怀春的大好季节，却被无赖公子掠夺了幸福。这让我想起了1965年成都百花潭中学10号墓出土的战国嵌错宴乐攻战纹铜壶。该铜壶上有三幅图。第一幅图，桑田中，一男子将一物递与一女子，并以手指树，示意采桑女上树劳作；第二幅图，另一男子用手拖住一个采桑女想走，女子死命用手反抗，头发散乱，采桑工具也被弃置身后；第三幅图，一个佩着剑的男子，应该是贵族或官吏，伸开手臂举起绳子，在一旁威胁采桑女。这三幅图无疑是用另一种艺术方式反映了古时采桑女的命运，比之《七月》就更为真切形象了。自此，采桑女与受辱构成了后世文学的一大主题。刘向《列女传》中就有“鲁秋洁妇”“陈辩女”和“齐宿瘤女”三个采桑女的受辱故事。

尚记得小时候听的“正月里来正月正，正月十五雪打灯”之类的四季歌，只是在情歌泛滥的今天已难以重温昔日的老歌了。“躲进小楼成一统，管他冬夏与春秋。”整日宅在屋子里的我们又怎能感受四季的变化呢？又有谁会去聆听先民自然的歌唱？

柒

感怀伤时故事

（一）蜉蝣之羽，衣裳楚楚：生如夏花之绚烂

“生如夏花之绚烂，死如秋叶之静美。”读着泰戈尔这句美极了的诗，我的脑海中闪现了那曾让先民们吟唱不已的《曹风·蜉蝣》。

蜉蝣之羽，衣裳楚楚。心之忧矣，于我归处。
蜉蝣之翼，采采衣服。心之忧矣，于我归息。
蜉蝣掘阅，麻衣如雪。心之忧矣，于我归说。

离自然越来越远的我们，恐怕早就不知道蜉蝣为何物了。蜉蝣俗名一夜老，是一种存活时间极短的昆虫，它们的生命短得只有几个小时，最多也只有一周的时间，人们常称之为朝生暮死虫。就是这自然中极匆忙的过客，却以它无比的坚韧和坦然演绎了如夏花般的绚烂。稚虫阶段的蜉蝣并不美，在经历了两次艰难的蜕变后，才羽化成美丽的成虫。羽翼是它通体中最令人瞩目的，故诗中反复吟诵之。它的翅膀超薄极有光泽，如玉般晶莹剔透，如丝般光滑闪亮，如烟般轻妙秘幻，在阳光下折射着七彩光芒。它的尾部拖曳着细长细长的尾丝，犹如古代美女飘曳的裙裾。它扇动翅膀带动那柔软纤细的身躯在空中飞舞的样子，犹如那摆动盈盈细腰、婀娜起舞的美女。经历了潜

伏水中三年的幼虫时期，蜉蝣拼尽它全身的力量展翅高飞，以它最美丽的姿态完成生命中最重要的“婚飞”，即雌雄交配，然后华丽转身，在筋疲力尽中走向死亡。

蜉蝣虽美，可它的美如昙花一般，绚烂之后迅速枯萎，再也没有了生机。这怎能不让诗人动容！“人生天地间，忽如远行客”，永恒何在，身归何处？目睹蜉蝣，诗人心中溢满了忧思，再多彩的人生也免不了同样的结局，万寿无疆只是永远的梦想。

诗人以敏锐的慧眼，透过蜉蝣，将人生存于时空下的无奈看得很透彻，又以他细腻的情思，加注蜉蝣，把“感性命之不永，惧凋落之无期”的伤逝情怀传达得如此感伤。对死亡的忧惧和对生命灿烂的渴望构成了诗中的咏叹调。这样悲怆的咏叹在后世文人诗词中连绵不绝。白居易《花非花》中：“来如春梦几多时，去似朝云无觅处。”李商隐《登乐游园》中：“夕阳无限好，只是近黄昏。”苏轼《赤壁赋》中：“寄蜉蝣于天地，渺沧海之一粟。哀吾生之须臾，羡长江之无穷。”莫不如此。

悲怆也是徒劳，这点蜉蝣要比我们人类更清醒更从容。当已知死亡来袭时，它竭力展示的不是哀伤和颓废，而是自己最光彩夺目的美。它犹如精灵飞舞在空中，也飞舞在人们永久的视线中。黑格尔曾说过：“转瞬即逝的玫瑰并不逊于万古长存的山岭。”（《历史哲学》）生命并不仅仅在于长度而更在于厚度。沉淀三年，羽化成虫，不食不饮，只为赢得几小时的绚烂。这分明不是生命的脆弱，而是生命的执着与顽强。死亡终结了生命，也赋予了永恒。何须忧虑！

记得法国女作家波伏娃有一部关于永生题材的小说《人都是要死的》。男主角雷蒙·福斯卡期盼自己能长生不老，永存于世，完成他的霸业。一个偶然的机会，他实现了这个愿望，他从一个老乞丐手里获得了来自埃及的不死药。然而当看到自己最爱的女人最终变老直至死去后，他陷入了深深的绝望，他企图结束自己的生命，但无论怎么努力都不能如愿以偿。最后福斯卡幡然醒悟，生命的价值就在于它的短暂，永生不是一种幸福，而是对生命个体的惩罚。是啊，因为短暂才知珍惜，永恒只能让人觉得烦腻。

有生就有死，这是人逃不过的定律。面对死亡，有人恐惧，有人从容。“纵浪大化中，不喜亦不惧。应尽便须尽，无复独多虑。”陶渊明不仅在《形影神三首》中这样旷达，而且生前就为自己写好了《挽歌诗三首》和《自祭文》，以平和的心态静候死神的召唤。初唐四杰之一的卢照邻自知病重难愈，提前在具茨山下为自己造好坟墓，躺下来体验死亡的感受。

◎《出处图》

既然死是人生的必然归宿，那就应像蜉蝣般留下最美丽的身影，让这充实的美来涤荡内心的畏惧。大名鼎鼎的鉴湖女侠秋瑾，在其短暂生命的三十余年里，以她全部的热情和精力奉献于革命事业，在惨遭被捕后，她以无比的英雄气概从容就义。“休言女子非英物，夜夜龙泉壁上鸣”，这样的女子又何尝不是那绚烂的夏花！

“林花谢了春红，太匆匆”（李煜《相见欢》），每一段历史时空中的我们最终都会被无情的岁月吞噬。唯有生之绚烂，才会有死之静美。尽管最后都化成了云烟，但那朵云烟也会成为永恒的风景线。大胆地摒去内心的那份恐惧吧，这大概就是老子所谓的“死而不亡者寿”吧。

（二）今我不乐，日月其除：在无情的岁月中适意生活

“对酒当歌，人生几何！譬如朝露，去日苦多。”（曹操《短歌行》）人不管自诩多么强大，在时间面前却只能是弱者，无能为力。大地尚可春去春来，日落尚有日出，人生却不可重来，不可复制，长生不老只能是永远的神话传说。人们可以潇洒地唱“任时光匆匆流去”，可一旦盛年不再，多半会如孔夫子般在河川上怅惘地慨叹：“逝者如斯夫！”

人类对人生苦短的哀叹早就体现在了先民的歌声中。“蟋

◎《〈唐风·蟋蟀〉图》

蟀在堂，岁聿其莫。今我不乐，日月其除。”《唐风·蟋蟀》以伤感的旋律率先唱出了岁月的无情。

蟋蟀在堂，岁聿其莫。今我不乐，日月其除。无已大康，职思其居。好乐无荒，良士瞿瞿。

蟋蟀在堂，岁聿其逝。今我不乐，日月其迈。无已大康，职思其外。好乐无荒，良士蹶蹶。

蟋蟀在堂，役车其休。今我不乐，日月其慆。无已大康，职思其忧。好乐无荒，良士休休。

当蟋蟀从野外迁到室内的时候，深秋已悄悄地来临，光阴已过大半，一年很快又要过去。萧瑟的秋风吹落了枯黄的树叶，也吹冷了诗人渐老的心。诗人不再像儿时那样满怀喜悦地期盼着过年，此时他心中充满了恐慌和忧伤。诗人企图抓住这短暂的当下，尽情享受人生的欢快。可转念一想，人活在世上，倘若只为了放纵快乐，那岂不是空枉来世上走一遭！纵是再潇洒开怀，诗人也不想蹉跎那剩下的不多的岁月，光阴的虚耗只能让人徒增烦恼。

时光飞逝，诗人一方面想着“为乐当及时”，一方面却又“慨当以慷，忧思难忘”。所幸的是，这并没有让诗人觉得矛盾，诗人在两者之间找到了平衡点，与焦虑共存，让快乐相伴。诗人在以贤德良士的标准要求自己，竭力做好本职工作的同时，也积极地从生活中寻找乐趣。生活犹如开车，需要挂挡也需要空挡，只有善于换挡的人才能应对自如。比如宋代著名词人晏殊一生官运亨通，在长达五十年的为官生涯中，他既培养提携了欧阳修、范仲淹、王安石之类的人才，又在闲暇之时寻找到了欢乐。他很少沉浸在官场的痛苦中不能自拔，也从不过分沉溺于歌酒之中忘了本分，以致后人羡慕地称他为“富贵宰相”。

有的人面对生命的流逝时不能如此自如，心中唯有惶恐不安。他们企图用极端的方式化解内心的恐惧，却往往事与愿违，留下无限的悔恨。隋炀帝杨广看到分裂与战争连连，自知大势已去，时日不多，于是躲在扬州，过着醉生梦死、荒淫无度的生活，全然不问朝政，终失了天下，丢了性命。

当然，如果用生命去换取金钱利禄，那也是十分不值得的事情。看犹太人活得多聪明。会赚钱是他们的强项，但他们从不以牺牲休息时间来获得更多的金钱。在他们看来，少休息寿命自会减少，多休息多活几年自然会赚得更多。他们以智慧实现了价值与生命的双赢，这恐怕是今天的我们应该学习的。

谁不想今朝有酒今朝醉，游乐人间，畅享快意人生。可人活在世上还得有责任意识。我们终究是凡夫俗子，不能像庄子般卸下所有的负累，让灵魂和肉体自由快乐地飞翔。但只要我们拥有“采菊东篱下，悠然见南山”的恬淡之心，和“若使年华虚度过，到老空留后悔心”的警醒之意，那么在人生旅途中就自会有适意之感。

像屈原那样太执着于热衷的事业，免不了会苦熬一生，过得太累。过于在乎成功，过于追求完美，过于焦虑，就会失去人生的许多乐趣。人活在世上，不在于非得有完满的人生，只在于充实中能寻找到优游的幸福。就如海德格尔所说：“人，诗意地栖居在大地之上。”在有限的人生中，让我们以积极的入世精神，超脱的出世情怀，用心工作，快乐生活吧！

这种对生命易逝的慨叹和思索在《唐风·山有枢》《秦风·车邻》等诗中均有出现，在追求享乐的背后是人无助的脆弱，这种无助穿越汉魏一直延伸到现代人的内心。人们清醒地认识到“人生非金石，岂能长寿考”，却仍然憧憬着万寿无疆。“我真的还想再活五百年”，是人心底真挚的渴望。

◎《〈唐风·山有枢〉图》

在诗中，蟋蟀从物候变化的承载物变成生命苦短的化身，成为后世文人吟咏的对象。《古诗十九首·东城高且长》之“晨风怀苦心，蟋蟀伤局促”，陆机《短歌行》之“来日苦短，去日苦长。今我不乐，蟋蟀在房”都传达了这样的哀声。处于钢筋水泥包围中的我们，耳边没有了那蟋蟀的悲鸣，却仍然有着同样的烦恼。

（三）知我者，谓我心忧；不知我者，谓我何求：谁解此中味

每个活在世上的人都会有快乐，也都会有忧愁，快乐稍纵即逝，忧愁一旦产生便如影随形，挥之难去，释放出的负能量能让人压抑得透不过气来。那忧愁伴着厚重的历史感和浓厚的

个人生命意识，更是让人难解其中味，难载诸多愁。《王风·黍离》记下的就是那几千年沉淀下来的忧伤。

彼黍离离，彼稷之苗。行迈靡靡，中心摇摇。知我者，谓我心忧；不知我者，谓我何求。悠悠苍天，此何人哉？

彼黍离离，彼稷之穗。行迈靡靡，中心如醉。知我者，谓我心忧；不知我者，谓我何求。悠悠苍天，此何人哉？

彼黍离离，彼稷之实。行迈靡靡，中心如噎。知我者，谓我心忧；不知我者，谓我何求。悠悠苍天，此何人哉？

穿越亘古的周代，只见那田间的黍子长得如此茂盛，翠绿的叶子几乎能滴得出油，还有那谷子也开始出苗了，探出它们嫩绿的小脑袋。看着这一片繁盛的景象，诗人的步履却无法轻快，心情也越来越沉重，一股浓烈的忧伤始终纠缠着他。谷子越长越密，抽出了沉甸甸的穗，眼看就要结出丰硕的籽粒了。黍子虽也蓬勃茂盛，却就是不见它结出累累果实。看着那无果的黍子，诗人好像看到了自己，不敢回首过去，也不敢期盼未来。不知归向何处的诗人那难以平静的心颤抖得更加厉害了，犹如喝醉了酒般翻江倒海，想哭却又哭不出。只有那些共患难的挚友知道这份忧愁来自何方，可叹他人却对诗人投来万分不解的眼神。是呀，在外人看来，诗人生当盛世，身份尊贵，呼风唤雨，应有尽有，是何等幸福荣耀，还想要得到什么？可他们又怎么知道诗人空有权位却没有权力，空有满身才干、一腔抱负却无处施展，就犹如那黍子一般，不管外表看起来多么茂盛却永远无法修成正果，这就是诗人无法言说的悲哀。知己们尚能知道英雄落寞的苦痛，可知己又有多少？诗人的苦闷终是被外人认作了贪婪。是啊，又有谁知道诗人的苦闷？殊不知诗人心中满怀着的是对宗庙社稷的绵绵忧思与拳拳之心。贤人退处，这世道究竟还能繁盛多久，又是谁造成了今天的局面，诗人叩问苍天，苍天也无语。

这首诗从一开始就被阐释成抒写亡国之痛的黍离之悲而为人铭记和称道。杜甫《春望》中的“国破山河在，城春草木深”，姜夔《扬州慢》中的“过春风十里，尽荠麦青青”，皆取义于此。尽管黍离之悲已成共识，这典故也一再被后人拾用，但我仍然不想这样去解读它。不是刻意地想去标新立异，而是我每次读这首诗，感受到的总是个人遭际的苦闷和感伤。它让我想起屈原、贾谊、李白、苏轼等每一个怀才不遇的士子。“路漫漫其修远兮，吾将上下而求索”，心怀治国理想的屈原最终以被流放结束自己的政治生涯，沅湘江畔响彻着他忧心的吟唱。踌躇满志的贾谊，以满腔热情指点江山时，却遭人嫉妒，被贬长沙，陷入悲凉之境，这让唐代诗人李商隐为之深深喟叹："宣室求贤访逐臣，贾生才调更无伦。可怜夜半虚前席，不问苍生问鬼神。"历史政治的大舞台，本该属于多才多智、一心报国的士子，可自古至今，多少士子的梦想都被无情的现实击碎，在历史的时空中空留下他们独自伤心的身影。这样的悲哀，不独是末世中有，盛世中也有，本诗便是盛世中落魄士子的哀唱。身处王畿之地的诗人虽然以敏锐的嗅觉嗅出了盛世中出现的衰败隐患，却只能以饱经忧患的家国意识独自清醒地感伤哀恸着。

诗人的哀伤不止于时代的不幸和个人的沉浮，更有一种深层次的精神孤独感。正如东汉文人赵壹《刺世疾邪赋》所言："贤者虽独悟，所困在群愚。"诗人在一遍遍地说着"知我者，谓我心忧"，倘若真能寻得知我者，自然不会如此烦忧，更不会形单影只。无处诉说的痛苦让忧愁一点点沉积，直到将诗人彻底淹没，诗人最后只能抬眼望天，独自垂泪。这种孤独感在后世文人身上体现得更为鲜明。"念天地之悠悠，独怆然而涕下""百年多病独登台"。诗人茕独的身影在那远古的茂密田间越走越远，那份忧伤也定格成永恒。

清代学者王夫之评《诗经》曾言："以乐景写哀，以哀景写乐，一倍增其哀乐。"这诗便是典型。一片丰收的大好景象，寄予的却是无比哀伤的情怀。不是景色不动人，而是伤透了的心无法被美景修复，反而将美景化成一幅幅心碎的图片。"长江绕郭知鱼美，好竹连山觉笋香。"（苏轼《初到黄州》）

后世的文人在宦海风波中学会了自我调适，即在美景中消解内心的苦闷，同时也消解掉了对苍生的忧虑和担待。这种反兴手法被一代又一代地传承下来。“滔滔孟夏兮，草木莽莽。伤怀永哀兮，汩徂南土。”屈原的《怀沙》以草木的繁盛抒发自己不遇的感伤。“青青河畔草，郁郁园中柳”，以满园关不住的春景反衬少妇的孤独与寂寞。“客舍青青柳色新”，生机盎然的春意传达的却是离别的伤痛。

“都云作者痴，谁解其中味！”（曹雪芹《红楼梦》）我的忧伤是隔世的孤独。

（四）心之忧矣，其谁知之：众人皆醉，唯我独醒

“凤兮凤兮，何德之衰？往者不可谏，来者犹可追。已而已而，今之从政者殆而！”当两千多年前的楚狂人接舆在孔子面前唱出这段哀歌时，历史的车轮已无可奈何地驶入了衰境。而早在《魏风·园有桃》中，睿智的诗人

◎《接舆狂歌图》

就已预见了这样的结局，他以忧伤而又悲悯的唱腔唱出了心底的忧虑和感伤。

> 园有桃，其实之肴。心之忧矣，我歌且谣。不知我者，谓我士也骄。彼人是哉，子曰何其。心之忧矣，其谁知之？其谁知之，盖亦勿思！
>
> 园有棘，其实之食。心之忧矣，聊以行国。不知我者，谓我士也罔极。彼人是哉，子曰何其。心之忧矣，其谁知之？其谁知之，盖亦勿思！

在魏国的大道上，一位士子手持着埙，边走边唱，他狂放的歌声吸引了众多的路人。士子如醉如痴地尽情表达着自己的忧思，围观者却在一旁指点着说：“这人一定是个疯子，瞧他还是个贵族呢，怎么一点礼仪也不懂？”再仔细听听歌词，说的竟然全是国将亡的胡话。围观者更不解了，魏国虽然算不上大国、强国，但也不至于如此吧。看看那满园的桃和枣，怎么也能让生活有些许甜蜜吧！士子仰天长叹：“无知的人们呀，你们就自我陶醉吧，难道你们不曾看见秦国、晋国虎视眈眈的模样，终有一天他们会吃掉我们的！”“吃掉我们，真是杞人忧天，这好端端的天下怎会有这样的事，不是还有周天子吗？疯子，疯子，别听他胡说。”围观的人们一哄而散，只留下士子一个人独自伤怀。魏君不思进取，不施德政，昏庸无能，只会欺压百姓，那帮贵族们不但不警醒君王，反而整日沉溺于享乐。士子有心劝谏，可贵族们哪里容得下这小小士子的忠直良言？清醒的士子注定要孤独。

这样的孤独穿越历史，横亘在每个清醒者的灵魂中。他们伤时，他们忧国，他们以远见卓识来预见山雨欲来的时局，却只能招致排挤、打击与不理解。他们以直面人生的勇气去唤醒沉睡的心灵，却没有人倾听他们的声音。屈原在预见了楚国的险境后，一心想劝谏楚王施展美政统一中国，可这满腔热忱招来的却是不满和冷落，在屡屡被贬之后，他只能在湘江边哀叹“国无人莫我知兮”。期待受朝廷重用，试图以个人之力挽救南宋残破局势的辛弃疾，却终被闲置，只能“醉里挑灯看剑”“倩何人唤取，红巾翠袖，揾英雄泪？”鲁迅《狂人日记》中狂人看出了社会吃人的本质，却被人责骂为疯子，在不为理解的戕害中心灵受损。这真应了李白所言的“古来圣贤皆寂寞”。

◎《九歌图卷》

“心之忧矣，其谁知之？”这样的悲音当是国衰政败之际有识之士的感发。正如《礼记·乐记》所言：“乱世之音怨以怒，其政乖；亡国之音哀以思，其民困。声音之道，与政通矣。”诗人的苦闷不仅仅是个人的孤独、失意的落寞，更是对家国的担心与哀思。“其谁知之，盖亦勿思”，浑浑噩噩的统治者没有意识到危险的到来，欢快地过着“西湖歌舞几时休”的生活，蒙昧无知的百姓艰难地维持着自己的生活，哪有闲情问朝政？只有于众人皆醉中独醒的诗人，用放声歌唱来发泄自己的孤寂与哀伤。

“心之忧矣，我歌且谣。”《毛传》解：“曲合乐曰歌，徒歌曰谣。”诗人以狂狷的方式倾泻心中的悲愤，结果没有得到知音的应和，反而招来种种非议。诗人该如何是好？只有伤心罢了。既然孤独是每个清醒者的必然，那么诗人就只能承受。所幸还有文字和音乐能够以泻其忧，让诗人的心灵得到片刻的慰藉。

独醒者的苦难让人心中升腾起敬意，也让人掬一把辛酸的泪水。“水至清则无鱼，人至察则无徒。”在历史的长河中，经历了内心痛苦煎熬的士子们渐渐醒悟，在举世混浊的时局中，个人的独醒无力解救社会，只会让自己无路可走。“醒者多苦志，醉者多欢情。”白居易从前贤的遭遇中顿悟出与世抗争的徒劳，对酒当歌中的逍遥自在。“家酿寄君须酩酊，古今嫌见独醒人。”宋代的余靖情愿以酒精麻醉自己也不愿作无谓的苦吟。“仕不遇而不怒，人不知而独乐。”黄庭坚干脆将对国家的忧愤和个人的苦恼全都抛到脑后，以平和的心态看历史与现实的潮起潮落。人生的旷达与对政治的主动疏离让他们又归于有路可走。他们以善处的心态抚平了内心的伤痛，却也因此失掉了“先天下之忧而忧”的先知风范。

清醒的代价是个人幸福生活的毁灭，沉醉的代价是国家社会的集体沉沦。两难中的人们又该何去何从？

（五）终窭且贫，莫知我艰：基层官员的辛酸生活

契诃夫笔下的《小公务员之死》是十九世纪俄国小公务员的现状，中国最早的基层官员的命运如何呢？看看《邶风·北门》就知道了。

> 出自北门，忧心殷殷。终窭且贫，莫知我艰。已焉哉！天实为之，谓之何哉！
>
> 王事适我，政事一埤益我。我入自外，室人交遍谪我。已焉哉！天实为之，谓之何哉！
>
> 王事敦我，政事一埤遗我。我入自外，室人交遍摧我。已焉哉！天实为之，谓之何哉！

从北门退朝出来，诗人的心情无比沉重，无比难过。看看

自己过的日子，如此窘迫艰难。自己当的是什么官，杂役之事得干，大大小小的政务也得处理，整天马不停蹄地忙前忙后，连家也照顾不了。好久都没和家人坐在一起好好吃顿饭，唠唠嗑了。回到家，连孩子都以陌生的眼光看着诗人，以为他是客人。年迈的父母躺在病床上，还挣扎着爬起来，大骂诗人是个不孝之子。妻子则对诗人报以无比怨恨的眼神。诗人知道是自己对不起他们，既没有时间陪伴他们，为他们分忧解难，又没有挣到丰厚的俸禄，让他们衣食无忧。一想到这，诗人就禁不住想对天长啸，为什么自己就混得这么不如意？是自己没才吗？可王家差事为什么都分配到自己头上？是自己不勤奋吗？可是诗人整天在没日没夜地劳作。既然这样，算了吧，都是老天安排的，又有什么办法呢？

另外，《小雅・北山》《小雅・小宛》《小雅・四月》《小

◎《〈小雅・小宛〉图》

雅 · 小弁》中也有类似的伤心的哀叹。变风变雅的时代是王道衰、礼仪废的艰难时代，是底层百姓和基层官员备受挤压的时代。

面对生活的重压和不平，诗人没有选择逃避，而只是把哀伤压在了心底。倘若他违背道德良知，就能过上富足的生活。但是在诗人的心底始终有一种使命与责任让他难以放弃自己的原则，正如《小雅 · 十月之交》所唱："民莫不逸，我独不敢休。天命不彻，我不敢效我友自逸。"遗憾的是，这些都无法拯救自己，也拯救不了社会，愤怒之余的诗人只能把满腹的不满和疑惑发泄给老天。

◎《〈小雅 · 十月之交〉图》

"已焉哉！"诗人的悲哀还在于卑微的个体对现实的无力和无助。好在诗人能够自我安慰，接受现实从而调适内心的痛苦。有人说这是麻木，有人说这是明智。我说，在不能改变现实的时候只能学会接受，否则只会让悲伤吞噬自己。诚如《庄子·人间世》所言："知其不可奈何而安之若命，德之至也。"

这世间有多少事无法让我们称心如意，有多少事让我们愤懑不已，但我们不能一味地只做愤青，而忘掉了属于自己的生活。

（六）我生之初，尚无为：人生总是如此难测

"天上浮云如白衣，斯须改变如苍狗。古往今来共一时，人生万事无不有。"读着杜甫的《可叹》，不禁感慨万千，历史如烟，人生如梦，古往今来多少变幻成沧桑。前一秒幸福在敲门的时候，后一秒灾祸就可能悄然而至。看看《王风·兔爰》吧，你就会知道什么是真正的人生命运的变化无常。

有兔爰爰，雉离于罗。我生之初，尚无为。我生之后，逢此百罹，尚寐无吪。

有兔爰爰，雉离于罦。我生之初，尚无造。我生之后，逢此百忧，尚寐无觉。

有兔爰爰，雉离于罿。我生之初，尚无庸。我生之后，逢此百凶，尚寐无聪。

狡猾的兔子从猎网中挣脱出来，得意地散着步，野鸡却不幸落入预先张罗好的网中，它扑腾翅膀苦苦挣扎可怎么也撕

不开这结实的网。看到这样的场景，诗人忧愤不已，于是不久前发生的家族变乱又浮上了心头。如果不是那场灾难，自己现在应该是一如既往地过着锦衣玉食的生活，而不是如此落魄困厄。想想自己的家族也曾是那么显耀，为君王立下过汗马功劳。然而可恨无良小人的嫉妒和谗毁，可恨那君王竟然这般糊涂。就这样，原本有错的小人爬上了高位，自己无辜的家族却被剥夺了一切。记忆中，儿时的生活是那样无忧无虑，可就在长大的那一瞬间，一切都变了，变得那么突然，无可挽回。如今是人为刀俎，我为鱼肉，还有什么生之欢乐？算了吧，想也没有用，还是忘了吧，让自己从此视而不见、充耳不闻、长睡不醒吧！

◎《狩猎图》

“三十年河东，三十年河西”，人生总是充满了突如其来的变故。就像《战国策》中楚臣庄辛所言，天鹅在江河湖海上空飘摇乎高翔，优游自得，以为与人无争便无患也，却一不留神就被弓箭手射杀，折清风而陨。世事总是这般始料未及，让人难测！

诗人由昔日的贵族一下变成了破落户，心里的落差该有多大可想而知，以至于不忍去看这千疮百孔的人生疮痍。面对这样的人生巨变，诗人除了不平、哀叹就只有自我麻痹了。是呀，一瞬间，沧海成桑田，让人难以承受。世道无常，时运无常，人生亦无常。在无常之中该何去何从，便成了永恒的话题。

诗人企图以“但愿长醉不复醒”的方式完成自我救赎，却仍然难以释怀心中压抑的悲苦。以生之初、生之后不同的人生遭际反复对照来悲吟命运多舛的苦难，又以“百”来极言遭受的种种困苦与百般折磨。而兔与野鸡的对照，让无法探知历史真相的我们浮想联翩。同样的世道，同样的境遇，生性狡诈的兔子能安然处之，忠直耿介的野鸡却注定很悲惨。究竟发生了什么事情？诗人心底又藏着怎样的哀伤？

这不由得让我想起了孔子的先祖孔父嘉的故事。孔父嘉本是宋国的大司马，掌管宋国的军事，身份尊贵地位显赫，但一件意想不到的事改变了孔氏家族的命运。据《左传·桓公元年》记载，孔父嘉的妻子长得貌美非凡，有天一不留神被宋国的宰相华父督看见了，好色的华父督贪婪地盯着她，一个罪恶的计划便在心底萌生。为了得到孔父嘉的妻子，他发动了一场政变，在政变中杀死了孔父嘉。从此孔氏家族开始没落，最后不得已集体逃亡到鲁国。曾经的诸侯之家、公卿之家却因恶人的算计而流落他乡，走向衰落。不亦悲乎！

诗人之悲是否亦如此，已不得而知，空留下我们去猜测。人生既然注定是悲剧，那又何苦留下美丽的回忆空悲切！正是这生之初的美丽让诗人难以直面现在的惨淡。“我生之初尚无为，我生之后汉祚衰。天不仁兮降乱离，地不仁兮使我逢此时”（《胡笳十八拍》），近千年后，类似的故事又发生在东汉才女蔡文姬身上。历尽苦难后的蔡文姬也如诗人般沉溺于哀痛的身世之感中。

无常中的我们，哀痛是不可避免的，哀痛之后还剩下什么才是我们应该关心的。忧伤烦恼不能改变命运，麻醉逃避也无济于事，苦痛仍然存在，现实依然如此。无常中的我们该如何是好？

“但愿长醉不复醒”，是一种激愤和沉沦；“人生在世不称意，明朝散发弄扁舟”，是一种超脱和逍遥；“不以物喜，不以己悲”，是一种淡定和超越；“长风破浪会有时，直挂云帆济沧海”，是一种乐观与奋发；“苦心人，天不负，卧薪尝胆，三千越甲可吞吴”，是一种相时而待的执着。有时我们真的无法掌控命运，但我们可以选择从容面对，于苦痛中拯救自我。就如《丝路》的独舞者刘岩，在2008年奥运会开幕式前夕的彩排中，因工作人员的操作失误她从3米高的舞台上摔了下去，造成了高位截瘫。但是，残疾的她不甘心向命运低头，继续在轮椅上追逐她的梦想，用轮椅这双特别的舞鞋跳出了人生的精彩。

“世事沧桑心事定，此生一跌莫全非”，人生有起就有落，换言之有落也有起，就让我们以清朝诗人龚自珍的这句名言共勉吧！祸患来临时希望我们依然能笑对人生。

（七）知我如此，不如无生：衰世的悲凉

记得有一年夏天去朋友家做客，远远地看见她家小区的墙上怒放着火红火红的花，很是耀眼。走过去仔细一看，竟说不出花的名字。朋友说这就是舒婷《致橡树》里写的凌霄花呀！哦，这就是传说中的凌霄花，我有些兴奋。可这兴奋转瞬即逝，不知怎的一股莫名的忧伤爬上了心头。我忍不住吟咏起了另一首与凌霄花有关的诗，那就是《小雅·苕之华》。

苕之华，芸其黄矣。心之忧矣，维其伤矣！
苕之华，其叶青青。知我如此，不如无生！
牂羊坟首，三星在罶。人可以食，鲜可以饱！

苕，就是凌霄花。原本红艳艳的凌霄花已经变得枯黄不堪了，在秋风中渐趋零落。花自飘零人自愁，诗人的忧伤随着满地的凌霄花弥漫开来，伴着秋思无法散去。看那凌霄花的叶子依然青翠，花儿却不见了踪影。随风而逝的花儿在秋风中哀叹着：“既然注定如此，何苦让我有花开之时。”花儿有花儿的

悲哀，诗人也有诗人的悲哀啊！早知来到这世上，只能忍饥挨饿，最后免不了被冻死饿死，还不如不来到这世上呢！看那母羊瘦得只剩下大大的脑袋，天上参宿的星光洒在鱼篓上，却看不见鱼进去的踪影。活在这世上的人呀，能有几个人能吃得饱！

诗先以自然界的植物凌霄花起兴，再以羊和鱼两种动物起兴，通过对它们寥落境况的描写来体现诗人生存环境的惨烈之悲。诗人生活的时代虽不一定如《毛诗序》所说是幽王之时，但当时西戎、东夷相继侵犯，师旅并起，饥馑连连，由此可以推断定是某一衰世之时。不幸的诗人碰见了不幸的时代，哀思自如洪水般喷发。“知我如此，不如无生！”可诗人连选择“无生”的机会都没有，只能哀叹了。

衰世之叹不只这一首，变风变雅中有太多。《大雅·桑柔》：“我生不辰，逢天僤怒。自西徂东，靡所定处。”生在灾难频发的年代，只能四处漂泊，居无定所。“隰有苌楚，猗傩其枝。夭之沃沃，乐子之无知。”倘若能像《桧风·隰有苌楚》中的猕猴桃那样无忧无虑地快乐生长该多好，这样就可以免却尘世的烦恼和生活的忧虑了。可这诗中的植物偏也被诗人赋予了神思，逃不掉末季的悲苦。这样的诗情怎能不让人为之掬一把同情的泪水！

生活在太平盛世中的人们还经常慨叹幸福指数不高，更何况那衰世中的人连温饱都解决不了，自是与幸福无关了。先秦时期魏国闹饥荒，虽有天子施粥，然而终究是僧多粥少。东汉末年战争连连，使得“田野空，朝廷空，仓库空”，饥荒成灾，无奈的饥民不得不自相蚕食，连京城洛阳都是死者相枕于路。生于这样的衰世，活着就是痛苦的折磨。

人不能选择出生的环境，也不能选择出生的时机。生在盛世、生在富足之家当然是最美妙不过的了，但这样的好事却不是人人都能碰得着的。不幸生在了衰世、生在了贫苦之家，或是陷入了人生的困顿之境，我们除了像诗人那样悲叹命运的不公、时运的不济，还应做些什么？

我想我们不仅仅只有叹世之伤，还应有救世之心。“俗人虑温饱，义士忧天下”，纵然我们是俗人，可我们还得拯救自己。像东晋的陶渊明一样去寻找世外桃源，多半只是梦想。像《大雅·桑柔》那样寄托于明君圣人的出现，不是如水中捞月一样徒劳，就是如中彩票一样艰难。因此，我们只能自己拯救自己。天灾面前，我们依然可以并肩搏斗，以不屈的精神尽量减少灾难所造成的损失；人祸面前，我们理当积极反思，阻止它进一步发展，努力扭转局面使之向正能量转化。汶川大地震，多少人创造了生命的奇迹。再想想楚臣申包胥哭秦庭的故事，在吴军攻破楚城之际，他以赤诚之心感动秦哀公出兵救楚，保全了楚国，拯救了楚民。

既然一切都不可以重来，既然没有给你选择的机会，除了接受就是改变。诸葛亮尝言：“苟全性命于乱世，不求闻达于

◎ 诸葛亮二上《出师表》

诸侯。”(《出师表》)连生命都无法保障之时，我们还能祈求什么？唯有期盼自己的力量能够战胜一切。就像凌霄花，借助各种向上的力量冲上云霄，展现生命的璀璨。

“本以高难饱，徒劳恨费声。五更疏欲断，一树碧无情。”(李商隐《蝉》)不管自然如何无情，社会如何薄情，衰世中的我们依然要活得灿烂如花。

（八）彼苍者天，歼我良人：最属无情是人殉

“清明时节雨纷纷，路上行人欲断魂。”（杜牧《清明》）逝者已去，留给我们的是无尽的伤悲和思念。鸟儿扑打着翅膀，飞向天空，似乎要把这些传递到天堂。由此我联想到了公元前621年的丧葬场景。且看《秦风·黄鸟》。

交交黄鸟，止于棘。谁从穆公？子车奄息。维此奄息，百夫之特。临其穴，惴惴其栗。彼苍者天，歼我良人！如可赎兮，人百其身！

交交黄鸟，止于桑。谁从穆公？子车仲行。维此仲

◎ 秦穆公、蹇叔、晋文公、百里奚、先轸、孟明视

行，百夫之防。临其穴，惴惴其栗。彼苍者天，歼我良人！如可赎兮，人百其身！

交交黄鸟，止于楚。谁从穆公？子车针虎。维此针虎，百夫之御。临其穴，惴惴其栗。彼苍者天，歼我良人！如可赎兮，人百其身！

在风光秀丽的野外，一群群黄雀抖动着漂亮的羽毛，在荆棘灌木丛中悠然快乐地飞舞着，还时不时在酸枣树上、桑树上或荆条树上停歇一下，发出清脆婉转的鸣叫声。鸟儿们是欢畅的，而野外的人们无论如何都欢畅不起来。今天是秦国国君穆公下葬的日子，一代中原霸主命归黄泉，国人莫不哀伤。可更哀伤的还在后面。秦国的三大英杰子车三兄弟奄息、仲行、鍼虎竟在殉葬之列，他们曾以智慧和勇猛帮助穆公成就了霸业，都是以一抵百的良才。可如今他们却要站在穆公高深的墓地前，以颤抖的双腿惊恐地迈向死亡之境。他们的理想、抱负、才智等一切都将在这一跳之中湮灭，不灭的是人们对他们的无限哀思和遗恨。人们多么希望能够挽回他们的生命，哪怕用一百个其他的人来交换，秦人也都是极为愿意的。可穆公没有给秦人这样的机会，三个人才就这样成了穆公的陪葬品。这就是《黄鸟》讲述的一个无比残忍的故事。

拿活人祭奠死者，多么荒唐，可这荒唐的事却真实地存在着。据《史记·秦本纪》记载，随秦穆公殉葬的除了子车三兄弟外，还有其他人，加起来共有177人之多。一个人的死亡竟要赔上这么多无辜的生命，就因为他是高高在上的君王。子车三兄弟由于才干的杰出，有人为之不平，那其他的生命呢？难道就该如此被掠夺！

常常在想，倘若秦穆公没有要被众人视为贤才的子车三兄弟来殉葬，恐怕就没有《黄鸟》这首诗的出现了，也没有人对穆公这一惨无人道的行为进行指责了。为何我会出此言论？请看诗最后一句："如可赎兮，人百其身！"能用其他一百人的命来换这三人的命，那也是十分值得的。可见诗悲悼的不是万恶的人殉制度，而是贤良人才的殉葬。这在《左传·文公六年》中"君子曰"这段话中也可看出。"秦穆之不为盟主也，宜哉。死而弃民。先王违世，犹诒之法，而况夺之善人乎？今纵无法以遗后嗣，而又收其良以死，难以在上矣。"重点指责的仍然是穆公没有任用贤才，反而戕害贤才。弄清历史的真相

◎ 秦始皇兵马俑

后，让人为三良伤悼，更为可怜的平民悲鸣。一百多名平民就如飘散的雪花一样悄无声息地落入了穆公的墓地，化为了泥土。而这一切都源于那罪恶的人殉制度。

人殉制度是强者对弱者生命的无情剥夺和践踏，是人性最恶劣的体现。即使是勇猛的三良，当他们面对如万丈深渊的坟墓时，也是不寒而栗的。“临其穴，惴惴其栗”，诗毫不掩饰地写出了英雄对这条死路的惶恐。英雄本不惧死，这样无谓的死却让他们绝望。可这恶劣的制度一存在就是几千年。从有了贵贱之分的社会开始，直到明代天顺八年（1464），明英宗朱祁镇临终前下遗诏说：“用人殉葬，吾不忍也，此事宜自我止，后世勿复为。”人殉制度才得以废止。然自清兵入关后，皇太极、顺治年间又出现过人殉，到康熙年间这灭绝人性的制度终被彻底废除。

其实，历史对殉葬的批判也是从未间断过。主张节葬的墨子认为统治者的杀殉，既让老百姓做不成事，又消耗了老百姓的财物。连一贯主张厚葬的荀子也高喊：“杀生而送死谓之贼！”只是他们不是君王，空有悲悯之心，却没有终止的权力。

《左传》则用“结草报恩”这神秘的因果报应故事来劝诫他人。《左传·宣公十五年》载，晋将魏颗的父亲魏武子有一个宠妾，当魏武子清醒时告诉儿子他死后让小妾改嫁，可等他病重时却又要小妾殉葬。善良的魏颗没有将她陪葬而是让她改嫁。等魏颗奔赴战场与秦将杜回作战时，一位老人出现在战场，用地上的草打成结绊倒杜回，助魏颗活捉杜回，打败秦军。当天夜里，老人托梦告诉魏颗他就是小妾的父亲，特来报恩。

不管什么样的方式都难挡统治者的权力，但多少还是让统治者有所畏惧，有所认知。或许就是这些思想者的力量，以及他们的悲悯之情战胜了统治者的无情。

死去本是万事空，却要活人地下陪。多么无知，多么绝情。可怕的人殉时代终于一去不复返了，自由呼吸的人们不用再去惊恐地听那黄鸟的悲鸣了。

人哪，活在这世上真累！为了满足可怜的自尊，为了追逐所谓的虚荣，为了难以遏抑的欲望，满月酒要热闹，结婚宴要风光，连最后的丧葬礼也要大操大办，不得马虎。什么时候人能淡然地面对一切了，自然就会少了这么多无情的伤心事。

捌

亲情故事

（一）我送舅氏，悠悠我思：秦晋之好亲情存

人世间无法改变的是血脉相连的亲情，人世间最平凡最动人的也是亲情。亲情就像流动的清泉，在每个至亲至爱的人心中淌过。它能越过权力、利益、时空等种种障碍，去滋润每个角落里的心田，让人们享受爱的甘甜。《秦风·渭阳》就以赤诚的情感传达了地处两域的浓浓亲情。

我送舅氏，曰至渭阳。何以赠之？路车乘黄。

我送舅氏，悠悠我思。何以赠之？琼瑰玉佩。

这是一个发生在政治利益纷争时代的亲情故事。据史料和以往众说，此诗当为秦康公为太子时，在渭水北面送舅舅重耳即后来的晋文公回国时所作。当时，秦康公的母亲秦穆姬已不在人世，康公见到至亲的舅舅恍如见到了死去的母亲，男儿有

◎《晋文公复国图》

泪不轻弹，他便将这深深的情意藏在了感人的行动中。经历了种种磨难的重耳来到姐姐所在的国家秦国，在重情重义的姐夫秦穆公的帮助下，准备回国登上王位。刚刚见面的舅舅转眼就要离开，康公万分难舍，渡过渭水，一直将舅舅送到了对岸。送君千里终有一别，临别前康公将那只有诸侯才能享有的大车和四匹清一色的黄马送给了舅舅，又将身上温暖的玉佩递到舅舅手中，久久不忍离去。重耳感动地接过礼物，一股暖流涌上了心头。十九年的颠沛流离，终于在亲人的帮助下和祝福中结束了。难得重情的外甥送重耳这么贵重的东西，重耳一定不能辜负他的好意，治理好晋国，和秦国永远交好下去，让秦晋之好长存！渭水缓缓地流淌着，见证了这美好的一刻。

穆姬出于政治目的嫁到秦国，因此也成就了秦晋之好的佳话。政治无情，亲情无价。血浓于水的亲情让一切都无足轻重。康公舍掉宝马、豪车、美玉，却舍不掉对舅舅的那份牵挂。那礼物蕴含着特别的祝福和期待，希望舅舅能够顺利登上王位，重振母亲娘家的雄风。

康公对舅舅深厚的情感是离不开他母亲的言传身教的。之前康公的另一个舅舅晋惠公也是在秦国的帮助下回晋国登上王位的。晋惠公落难时秦穆公鼎力相助，在他登上王位后几次大饥荒也是秦穆公出手相救，可轮到了秦国大饥荒，秦穆公去找晋惠公借粮时却遭到拒绝。秦穆公大怒之下发兵攻打晋国，结果晋惠公兵败被擒，要被处死。穆姬听到消息后，赶紧穿上麻衣草鞋，取下头饰，披头散发，带着太子、小儿子和女儿登上高台，踩着柴草，准备点火自焚，并让使者捧着丧服将她的心志传达给穆公。穆公只得作罢，放了惠公。这件事在幼小的康公心灵深处留下了深刻的印象。母子连心，即使是母亲死了，他也依然和母亲一样善待舅舅。

◎《汉殿论功图》

以往读历史，在政治与亲情之间，总能看到面目狰狞的一面。汉高祖刘邦在与项羽的彭城之战中兵败，被项羽部队追杀，逃跑途中遇到了他的儿子也就是后来的孝惠帝和他的女儿鲁元公主，随行的夏侯婴见之忙招呼他们上车，可刘邦见马已很疲惫，敌人追得又紧，几次将儿女推下车，以减轻车的重量，幸得夏侯婴几番下车救助，一双儿女方得脱险。刘邦为之甚为生气，半路上好几次都想杀了夏侯婴。虎毒尚不食子，可刘邦为了逃命竟不顾儿女性命，真是无情到了极点！为政治权力牺牲亲情，是高尚的超越还是恐怖的绝情，相信每个人心中都有一杆秤。

让亲情为利益让道，虽然暂时得到了物质上的满足，却失掉了人生真正的欢愉。让利益为亲情让道，虽然可能一时失去了物质上的享受，却收获了永恒的爱和温暖。亲情是在人最无助之时最有力的慰藉和最美妙的精神支柱。重耳正是带着外甥和亡姐这份沉甸甸的爱，从人生的低谷走向了霸主的辉煌。

无论贵贱，无论老少，亲情都一样能唤起我们心中最柔软的爱。明太祖朱元璋的外甥李文忠，12岁时死了母亲，随父亲在战乱中流离两年后，在滁阳碰见舅舅时不禁抱头痛哭，没有了母亲的孩子见到舅舅就好像见到了亲娘。朱元璋也为之动情，将他收为养子，带在身边。不管后人如何去质疑李文忠的死是否是朱元璋的阴谋，但当时的朱元璋内心确实有过那柔软的爱。政治一旦遭遇亲情，人们总爱强调政治的冷酷与无情。其实，只要是人，哪怕他贵为天子，一样会渴望真实的天伦之乐。没有亲情的温暖，尊贵的背后就总会有一种凄清的悲凉。“煮豆燃豆萁，豆在釜中泣。本是同根生，相煎何太急？”曹丕本来坚硬的心在这一刻终被亲情融化，缩回了伸向弟弟的绝情之手。

亲情是人永远割舍不了的爱，是人最后的精神港湾。倘若这世上没有了亲情，那还有什么真情可言？我想重耳回国后即便卷入无情的政治，也仍然会感念这动人的爱。正是这爱，让重耳在位时没有和秦国交恶过。亲情像蔓延的花在秦晋两地绽放，也在人们心底绽放。

（二）有子七人，母氏劳苦：世上只有妈妈好

写这本书稿的时候，正是母亲病情恶化之时。当我从电话中听到母亲说这次她可能活不了多久时，泪水禁不住流了下来。可怜母亲患了重病，时日已不多了，但几个孩子都忙着没有时间照顾她，只有年老的父亲独自一人支撑着。为此，在读《邶风·凯风》时，我终于明白了诗中子女的愧疚和无奈。

◎《孟母三迁图》

凯风自南，吹彼棘心。棘心夭夭，母氏劬劳。

凯风自南，吹彼棘薪。母氏圣善，我无令人。

爰有寒泉，在浚之下。有子七人，母氏劳苦。

睍睆黄鸟，载好其音。有子七人，莫慰母心。

温暖的春风吹拂着大地，也吹进了小酸枣树柔嫩的身躯，小小嫩芽在春风的庇护下茁壮成长，慢慢长出了枝条，长成了大树。如果说孩子们是那小嫩芽，母亲就是那春风。她含辛茹苦，日夜操劳，默默地用爱浇灌着这七个年幼的孩子，直到孩子们长大成人。当孩子们为生活忙忙碌碌的时候，他们没有看见母亲斑驳的花发，没有看见那爬上额头的皱纹，在孩子们的心中母亲依然坚强、依然是他们的保护伞。可就在他们还像没有断奶的孩子般享受着母亲一如既往的关爱时，就在他们忙得忽略了母亲时，年迈的母亲终于拖不动那蹒跚的脚步，在去打水的时候倒在了清冷的泉水边。树上的黄鸟空自唱着动听的歌谣，却唤不醒沉睡的母亲。母亲空有七个孩子，却从来没有享受到孩子们的一丝关爱。她那善意的唠叨总被他们不耐烦地打断，她那常回家看看的请求总被他们一推再推。“母亲，今天我们都回家了，您就再睁开眼看看吧！您就再唠叨唠叨吧！母亲，我们实在不该让您如此清苦辛劳，如此孤独寂寞！”一声声忏悔，一声声啼哭回荡在两千多年前的天空。

我不能再留下这样的遗憾和后悔了，放下了手头所有的事情，回到了母亲的身边。看着母亲那满足的笑容，我也忍着泪笑了。

《世上只有妈妈好》，这歌是没有唱错的。母爱从来都是世上最无私、最伟大、最真挚的情感。母亲从来都是把孩子放在心尖，全心地付出和奉献着。就像诗中的母亲，为了养育七个孩子，把自己武装得特别强大，用她那温柔的爱让孩子们沐浴在温暖的春风中，享受所有的温馨。就是这样一位平凡而伟大的母亲，在孩子们面前无比坚强，每天都绽放着花一般慈祥的笑容，背后却偷偷流着辛酸的无助的泪水。天真的孩子们以为母亲也像他们一样幸福快乐，全然不知在他们睡得安稳、香甜时，母亲依然在昏暗的光线下忙碌着；也不知在他们吃着可口的饭菜时，母亲却一人躲着就着剩下的菜汤啃几口干粮；更不知在他们欢快地玩耍时，母亲却在不知停歇地干活。母亲就像诗中所言的春风，让孩子们看到的都是如花般的美丽，感受到的都是四季常在的暖暖春意。

凯风意为温暖的风，和煦的风，用这个词来比喻母爱实在太贴切不过了。以寒泉和凯风相对，一边是凛冽和冰冷，一边是轻柔和暖意，体现出了子女的不孝与母亲的无私。最后一章以黄鸟婉转的鸣叫起兴，让母亲心中有着一种人不如鸟的凄凉。诗人如泣如诉反复地讲述着母亲的辛劳和子女的不孝，让我们为母爱所感动也为不孝而喟叹。

母亲总习惯把最好的留给孩子却从不向孩子索取，于是渐渐地孩子心中便只有了自己，忘却了原来母亲也需要关爱。等到自己长大成人，为人父为人母时，才慢慢体会到了母亲的伟大，想再来挽回曾经忽略过、伤过的母亲的心时，一切都为时已晚。没有了时间，没有了空闲，只能像《凯风》一般空自内疚与悔恨了。

两千多年前的平民为了生计不得不四处奔波，哪有时间伺候父母，只能哀叹“父母何怙”了。今天的我们更是忙得不可开交，还指望着父母能帮自己料理家务、带带孩子，却没有时间去关心他们。多少空巢老人满怀期待而又无比失落地眺望着远方，将满腹的思念化作纵横的老泪。多少子女期盼着回家看看年迈的父母，在父母的病榻前尽最后一份孝心，可总有那么多的无可奈何挡住了回家的路。

“谁言寸草心，报得三春晖。”（孟郊《游子吟》）小的时候，母亲为我们撑起一片晴朗的天空，等她老了，我们却没有办法为她擎起一片爱的蓝天。这样的愧疚怎能不让我们长久地难过？

（三）载驰载驱，归唁卫侯：女诗人的娘家故事

如果说美女是花，终会凋谢，那么才女就是酒，经久弥香。翻开《鄘风·载驰》，你便会被那扑鼻而来的陈年酒香迷醉。那让人沉醉的女子便是已知的中国第一个女诗人许穆夫人。才女和美女一样都有着自己的忧伤，许穆夫人的忧伤不是鲜花插在牛粪上的哀叹，也不是顾影自怜的哀伤，而是一个女子对母国危急情势的忧虑和感伤。

载驰载驱，归唁卫侯。驱马悠悠，言至于漕。大夫跋涉，我心则忧。

既不我嘉，不能旋反。视尔不臧，我思不远。既不我嘉，不能旋济。视尔不臧，我思不闷。

陟彼阿丘，言采其蝱。女子善怀，亦各有行。许人尤之，众稚且狂。

我行其野，芃芃其麦。控于大邦，谁因谁极？大夫君子，无我有尤。百尔所思，不如我所之。

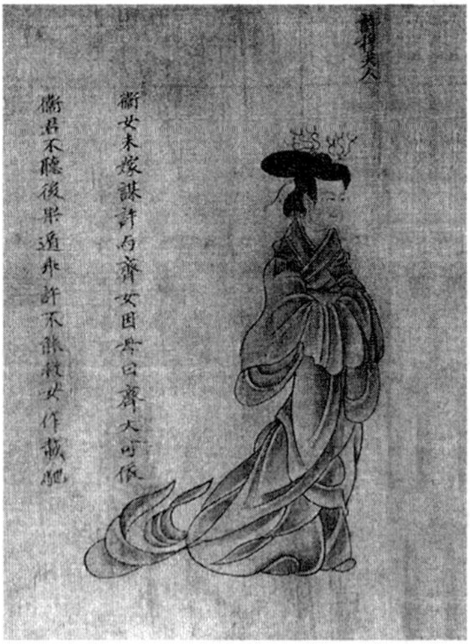

◎ 许穆夫人

故事发生之时，许穆夫人已由卫国的小公主变成了许国国君的夫人。在这之前，她的母亲宣姜自嫁入卫国时，便碰上了色胆包天的公公，从此卷入了扭曲的婚姻和纷乱的政治斗争中，因此卫国也没有了宁日。在这样的环境下长大的许穆夫人，早就熟谙了政治的利害关系，一心想嫁给大国以便对父母之邦有些助益。然而命运跟她开了个玩笑，在齐国和许国中间，她没有选择的权利，一个父母之命就让她的美梦破灭，也让她的娘家故事不断。

许国是一个小国，许穆夫人刚嫁过去时的日子倒还安稳，平淡地过了十年，而她心中总是惦记着自己的娘家。哥哥们诸多的事都让她不能安心，这么多年来，她从来都没有放松过紧绷的心弦。在听闻哥哥卫懿公不理朝政，终日跟鹤肆混在一起，从而导致不堪狄人一击的那一刻，她终于忍不住了，不顾一切地想回到卫国，用自己的力量来拯救母国。然而“驱马悠悠，言至于漕。大夫跋涉，我心则忧”，等她快马加鞭到了卫国的漕地（今河南滑县）时，许国的大夫却紧跟而来。就此她知道回娘家的梦破灭了，一股巨大的忧伤和愁闷涌上了心头。

在娘家邦国濒临灭亡之际，哪里还能讲那么多规矩呀？什么出嫁的女儿父母死后不得回娘家，如果许国男人有本事处理这件事，哪里还用得着女子去承担破坏礼仪的罪名？许穆夫人怒不可遏，觉得这些人真是幼稚可笑，不去战场上出力，却来责怪一个小女子的不是。

睿智的许穆夫人早就知道许国大臣们的无能和愚笨，本想不指望他们自己偷偷解决这个问题，可许国连这样的机会都不给她，她怎么能不恼怒，怎么能不愤恨！是失礼事大还是救国事大，自不用和明理人多说。一向维护礼教的孟子，就曾称赞许穆夫人这一能根据实际情况加以权衡变化的行为贤明，符合孝道。可许国连这样简单的道理都不明白。许穆夫人嫁了什么样的夫君可想而知了，难怪许穆夫人的心会在卫国流连忘返。

聪明能干、富有政治头脑的女子终于拗不过那些木讷蠢笨的男人，在悲伤中收回了前行的脚步，用诗歌来抒写她的忧伤。于是，我们便看到了《载驰》这首波澜起伏、令人感慨唏嘘的诗。“女子善怀，亦各有行”，女子虽然多愁善感，却也是能够冷静思考、讲道理的人啊。此路不通，只有再寻别路了。用贝母解忧后的许穆夫人眼前一亮：“控于大邦，谁因谁极？”许穆夫人虽然不知道大国会不会伸出援助之手，可还是抱着这样的希望写下了她的心愿。据《左传·闵公二年》记载，许穆夫人在满含着对母国的忧思下写了这首感人的诗篇，后来春秋霸主齐桓公派公子无亏率兵去戍守漕地，并送给卫国车马等各种物资，帮助卫国复国。

富有才华的许穆夫人用她动人的诗篇为娘家兄弟赢得了国家的复兴，也为她在历史上留下了英雄才女的美名。

“嫁出去的女儿泼出去的水”，话可以说得这么绝情，可又有谁真能割舍那血脉相连的亲情？从小生活在尔虞我诈的政治旋涡中的许穆夫人，不是向往着少女情怀的浪漫爱情，而是自觉地把婚嫁当作了维护娘家利益的筹码，亲情在她眼里远远胜过了爱情。这是先秦女子不得已的悲哀。

谁说女子无才便是德，未若有才更是德。倘若没有许穆夫人的才德，先秦的一段历史便是另一番模样了。“生当作人杰，死亦为鬼雄”，千年后的李清照像许穆夫人一样也谱写了感人的爱国词作，让人铭记。

走过那依旧青青的麦田，依稀听见两千多年前的马蹄声从背后传来，透过心中的《载驰》的袅袅诗韵，我似乎触摸到了许穆夫人那善良而勇敢的心。

（四）哀哀父母，生我劬劳：子欲养而亲不在的哀痛

曾看过一条视频短片《天堂午餐》，妈妈在世时常常念叨什么时候能吃上儿子做的饭，等到儿子终于给妈妈做了一顿盼望已久的午餐时，却只能是送往天堂，结果空留下儿子含泪遗恨不已。

◎《太平乐事·婴戏》

这世上有一种爱，常常被我们忽略却又常常令我们泪流满面，这便是无私的父母之爱。父母在时，我们肆意地享受着他们的爱；父母不在了，我们就只能怀着“子欲养而亲不待”的无限悔恨的哀痛了。早在《诗经》时代，《小雅·蓼莪》就以沉痛的笔触表达了这样的哀思。

蓼蓼者莪，匪莪伊蒿。哀哀父母，生我劬劳。

蓼蓼者莪，匪莪伊蔚。哀哀父母，生我劳瘁。

瓶之罄矣，维罍之耻。鲜民之生，不如死之久矣。无父何怙？无母何恃？出则衔恤，入则靡至。

父兮生我，母兮鞠我。拊我畜我，长我育我。顾我复我，出入腹我。欲报之德。昊天罔极！

南山烈烈，飘风发发。民莫不穀，我独何害！南山律律，飘风弗弗。民莫不穀，我独不卒！

诗以俗称抱娘蒿的莪菜起兴，借诗人错把蒿草当成长大的莪来兴起子不能依母的悲哀，从而自然过渡到对生死已两隔的父母的思念。看见物非人亦非，诗人不禁悲从中来，陷入了对父母往昔点点滴滴生活的追忆中。是父母生育了自己，用爱来浇灌自己，滋润自己的心田，进出时紧紧地搂抱着自己，让诗人感受到无处不在的温馨。是父母全心全意地照顾、养育、教育自己，付出所有，直到诗人长大成人。等有一天诗人学会了爱父母的时候，有时间有能力照顾父母的时候，他们却撒手西去，让诗人从此没有了回报的机会，只剩下永远的想念和不尽的忏悔。诗人看着空荡荡的小酒瓶和本该给它倒酒的大瓶羞愧不已。望着父母的坟墓，本该奉养他们的诗人却无法尽孝。诗人这样孤独无依地活着真痛苦，还不如那已经死去的人还有人相陪。没有了父母就没有了依靠，出门在外内心充满了忧伤，回到家中也如在梦中，魂不守舍。朝夕相伴的至亲至爱的人，就这样悄无声息地走了，让诗人是那样措手不及。高高的南山如此清冷，风儿发狂般地呼啸着。别人都能侍养父母，为什么独独自己不能？诗人问山，山不能语；问风，风一飘而过；问自己，自己无言以对。

长歌当哭，诗人以字字血泪在悲恨交加中倾诉了父母之恩无以为报的怨恨。由抱娘蒿触物生情引起的孤单，到儿时甜蜜而真切的回忆，再到欲报不能的不平与悔恨，这让我们看到了孝子深沉的爱和落寞的心。

诗人何以不能侍养父母，报答养育之恩，诗中没有明说。或许是父母过度的操劳造成了早逝，或许是自己有太多的事务或徭役或战争而无暇顾及，或许是由于生活的困顿和漂泊的无奈。事实的真相随时间而去，却留下无数想象的空间。无论什么样的理由，都让我们为这欲报无门的孝心而伤感。

诗人对父母之恩的回忆最让人为之动情。“父兮生我，母兮鞠我。拊我畜我，长我育我。顾我复我，出入腹我。”九个动词极言父母呵护的精细和照料的用心，形象地描绘了父母从诗人出生到成长的艰辛养育过程。九个“我”字，既彰显了诗人在父母心中极宝贝的位置，又凸现了诗人对父母之爱深深的感知之情，让父母和孩子之间心连心的爱化作了永恒的想念。诚如姚际恒在《诗经通论》里所说：“勾人眼泪全在此无数‘我’字。”

南山意象的运用也是诗篇动人之处。南山本是长寿的象征，我们常说“寿比南山”，《小雅·南山有台》也以南山来兴起万寿无疆的祝福，但这里的南山却是另外的景象，成了高寒之地，长寿也随之成了梦幻。故而诗人痛苦地用力呐喊：“民莫不穀，我独何害！”“民莫不穀，我独不卒！”为什么受伤的总是我？

“树欲静而风不止，子欲养而亲不待。”（《韩诗外传》）这世上有太多我们无法左右的无奈，我们唯一能做的是，趁无奈还没有来临之时，做我们想做的事，做我们能做的事。当一切都尘埃落定时，再多的努力都是徒劳。人总是在拥有的时候不知道珍惜，当失去的时候却又追悔莫及。父母不在意孩子有多大的回报，需要的只是一声简单的问候、一句贴心的话语、一个温馨的祝福和幸福平安的消息。

百行孝为先，这是中华几千年的传统。《蓼莪》以其真挚沉郁的孝思在后世广为流传，上至皇帝的诏书，下至百姓的丧葬活动，还有文人的诗作中都有着它的踪影。西晋王裒的父亲惨遭司马昭杀害，他每每读到“哀哀父母，生我劬劳”时，无不痛哭流涕，伤心欲绝。至今，在贵州、湖南、湖北等地区还盛行着丧礼歌《蓼莪》。在中国台湾、中国香港，《诗经》中最广为人知的诗就包括《蓼莪》。

苏轼在《谢生日诗启》中尝言：“《蓼莪》之感，迨衰老而不忘。”孝子之思感人肺腑，父母之恩亦当永世难忘。没有爱可以重来，也没有爱可以等待，让我们从现在开始就尽孝吧，千万别等到了“此情可待成追忆”的时候再来怅惘。

（五）凡今之人，莫如兄弟：危难之时兄弟显身手

古语道：“兄弟如手足，妻子如衣服。”这话说得让已为人妻者不免寒心，但却真实地道出了古人的心声。古人为何出此话语，这就要追溯到两千多年前了。

从父系社会开始，女子就处于劣势的社会地位，而男子的地位却很尊贵。一个部族的兴衰取决于氏族兄弟共同努力的程度。到了西周社会时，各个诸侯则是天子同宗同族的兄弟。周天子把天下交给了有着血缘关系的自家兄弟，妄想用世间最值得信赖的亲情来稳固局面，统治天下。从那个时候开始，对兄弟之情的重视便日见高涨了。《小雅·常棣》中的“凡今之人，莫如兄弟”，就以掷地有声的铿锵诗句将兄弟情谊推到了顶峰。

“常棣之华，鄂不韡韡。”诗从红艳艳的棠棣之花写起，关注的不仅仅是花怒放的艳丽，更是花萼与花蒂的相依相偎，是它们共同的努力才有花儿的绚烂，从而兴起兄弟手足情深的感叹。紧接着就直抒胸臆，“凡今之人，莫如兄弟”。兄弟是最值得信赖的人，兄弟之情是最值得珍藏于心的，这世上什么情感都比不上兄弟之情。“脊令在原，兄弟急难。每有良朋，况也永叹。兄弟阋于墙，外御其务。”当外患来临，当死神走

◎《〈小雅·常棣〉图》

近，只有自家兄弟会挺身而出。虽然平常总是愿意和朋友在一起谈天说地，可真正大难临头时，却各自纷飞不见踪影。兄弟之间平常虽然免不了打打闹闹、磕磕碰碰、你争我斗，不如朋友之间友好亲密，可当有人欺负自家兄弟时，当宗族的利益受到侵犯时，他们就会奋不顾身地站出来。“丧乱既平，既安且宁。虽有兄弟，不如友生。”当一切归于宁静，生活重新回到正轨时，甘愿拿性命维护的兄弟却被抛到了脑后，而无话不谈的朋友又成了最知心的人。诗人不禁慨叹，人为什么总是在危难的时候才想起骨肉相连的兄弟呢！何不时时邀上兄弟，拿出家里的好酒好菜，大家共聚一室，好好乐和乐和呢？兄弟和睦了，自然是家国平安，“是究是图，亶其然乎？”诗人理性地规劝人们，只要仔细思量一下自会明白其中的大道理。

想必诗人定是敏锐地感觉到了周代社会兄弟分裂的潜在

威胁，于是就以饱含情感的语言从现实生活入手来劝诫人们重视兄弟血亲关系，以此来维护周王朝的稳定和小家的和谐。虽然带有明显的政治说教成分，但是读来却并不觉得生涩，反而为诗人的一片忧国忧家之苦心所感动。诗人并不是板着面孔说教，而是用自然界动植物比拟起兴，让人心服口服。除了有让人难忘的娇艳棠棣，还有落难于平原的鹡鸰水鸟，后来，它们都成了兄弟的代名词。如黄庭坚《次韵答任仲微》诗云："交情吾子如棠棣，酒碗今秋对菊英。"孟浩然《洗然弟竹亭》诗云："俱怀鸿鹄志，共有鹡鸰心。"着眼于现实生活的说理，让人清醒又倍感温馨。以朋友与兄弟不同处境的两相对比，平实地道出了亲情胜友情的道理，让人慨叹最亲密的人往往是最容易被忽略的人这一事实。俗话说："打虎亲兄弟，上阵父子兵。"人只有遇到危难时，亲情才会闪现出动人的光芒。在诗人的眼中，没有永远的朋友，却有永远的兄弟。朋友是开心果，兄弟是救难兵。朋友可以陪你开怀地笑，兄弟可以陪你过最难的关。

这首富有生活哲理和政治意义的诗让人感慨良多。周天子让自家兄弟为其掌管天下，自以为就高枕无忧了。殊不知，亲情一旦和政治、利益挂钩后，便会变质，从而被背叛、出卖，甚至染上血腥。《毛诗序》说这诗就是为周公感怀自家兄弟管、蔡二叔叛乱而作，且不管是否如此，从《诗经》诸多的诗中我们都可以看见这样的焦虑。《小雅 · 伐木》谆谆教导"笾豆有践，兄弟无远”，是说兄弟们要经常在一起聚会宴饮，且不可生疏了关系。《小雅·斯干》苦口婆心，“兄及弟矣，式相好矣，无相犹矣”，是说哥哥和弟弟之间要友好相处，切不可互相欺诈。《小雅·角弓》中的“此令兄弟，绰绰有裕。不令兄弟，交相为瘉”，是说将兄弟和睦与不和睦的结果进行比较，规劝兄弟之间应该紧密团结，友好互助。以分封制为基础的周王朝，兄弟倘若真的反目成仇，那天下可就岌岌可危了。这怎不让人心忧？

这一血缘宗法制度虽然最终在历史的潮流中灰飞烟灭，但是兄弟之情却自此被政治蒙上了阴影。曹丕登基后为稳固自己的政权，不惜向同根生的兄弟伸出魔掌。唐初著名的玄武门之变，是以牺牲李世民的哥哥和弟弟性命为代价的。“打断骨头连着筋”，不知道权利熏心的人内心有没有这样的伤痛。诗人的忧虑和教诲中可谓饱含了对天下与亲情的双重关怀。

后世的结拜兄弟没有了血缘关系，却因有着共同的目标和追求，不求同日生，但求同日死，将不是亲兄弟胜却亲兄弟的情感演绎得如花般灿烂。最为人瞩目的便是刘备、关羽、张飞桃园三结义。他们为匡扶汉室、普度众生而齐心协力，呕心沥血，以生命捍卫了兄弟义气。

不过，我还是想说兄弟之情固然重要，朋友知音也断不可少。爱因斯坦就曾说：“世间最美好的东西，莫过于有几个头脑和心都很正直的严正的朋友。”当朋友与兄弟融为一体时，人生就太完美了。只可叹，现在的独生子女们却难有机会去体悟血浓于水的手足之情了。

（六）陟彼岵兮，瞻望父兮：家是永远的牵挂

春晚纪录片《回家过大年》中，火车站里人头攒动，接踵摩肩。“离家在外的人们会聚到这里，焦急的神情和匆匆的步履都透露着内心的急切，此时无论是相识或是陌生，所有人都有着一个共同的心结，那就是回家过年”，伴随着解说员抑扬顿挫的浑厚嗓音，我的心一下子被温暖了。在中国的传统思维里，家是我们永远的牵挂，是最温暖的归处。早在《诗经》时代，思乡主题就已被书写。如《魏风·陟岵》。

> 陟彼岵兮，瞻望父兮。父曰：“嗟！予子行役，夙夜无已。上慎旃哉，犹来无止！”
>
> 陟彼屺兮，瞻望母兮。母曰：“嗟！予季行役，夙夜无寐。上慎旃哉，犹来无弃！”
>
> 陟彼冈兮，瞻望兄兮。兄曰：“嗟！予弟行役，夙夜必偕。上慎旃哉，犹来无死！”

空旷的青山岗上，一个青年男子孤独的身影在山头摇晃，他竭力地踮起脚朝着家的方向瞩目远眺。他仿佛看到了远在

千里之外的家，仿佛听到了父母兄弟的声声呼唤和千叮万嘱。“儿子呀，可苦了你了，看着你日夜马不停蹄地服役在外，我的心都碎了。你独自出门在外可千万要小心呀。得了空就赶紧回来吧，我的孩子！”那是父亲苍老而又嘶哑的声音。“可怜我的小儿子呀，小小年纪就遭这样的大罪，没日没夜干活也没有时间休息。儿啊，你可千万要注意身体呀，能回就快回吧，别让为娘空等待。”那是母亲焦虑而又不安的声音。“小弟呀，这么辛苦的生活，你在外可千万小心，别将性命丢在他乡，伤了我们亲人的心。”那是哥哥语重心长而又万分挂念的声音。登高望远的游子和家中思念的亲人相互呼应，构成了一幅凄美动人的思乡图。画里，一双老人满头银发，褶皱纵横，他们在大儿子的搀扶下倚门而立，翘首以盼，面前的小路蜿蜒远伸，直伸到那高高的山岗。

此刻，鲁迅《在酒楼上》的那份孤独在我心头蔓延，“北方固不是我的旧乡，但南来又只能算一个客子，无论那边的干雪怎样纷飞，这里的柔雪又怎样依恋，于我都没有什么关系了”。没有了归依，就像无根的浮萍找不到人生的方向，也不知道活着的意义。“万里悲秋常作客”，当我们成了漂泊在外的游子后，才会明白家对于我们存在的意义。没有了家，没有了牵挂，生命不再有温情的光芒，不再有甘露的滋养，终会在无情中走向枯萎。

孔子在《论语·里仁》中云：“父母在，不远游。”然而环

◎《春游晚归图》

境的逼迫，常常让人们不得不忍痛背井离乡，孤寂在外。诗人因了不得已的劳役，不得不远离温馨的家，带着家人的眷念和对家人的牵挂，在无休止的劳作中耗费掉自己的大好年华。苦不堪言的劳役让诗人怀着无比的恐惧，生怕自己不堪劳累，倒在了遥远的望不到家的他乡。在无数个不眠之夜，他眼前总闪动着亲人的身影。他伤痛的思念因了“男儿有情不轻言”，便以虚拟的揣度附加给了亲人。“上慎旃哉，犹来无止”“上慎旃哉，犹来无弃”“上慎旃哉，犹来无死”，亲人的叮咛与痛惜宛在眼前，让人不由得悲从中来。方玉润尝在《诗经原始》中慨叹：“诗妙从对面设想，思亲所以念己之心，与临行勖己之言，则笔以曲而愈达，情以婉而愈深。千载下读之，犹足令羁旅人望白云而起思亲之念，况当日远离父母者乎？”《诗经》惯用的从对面着笔的手法让该诗婉曲深幽，黯然销魂。

家在拥有的时候会让我们在不经意间忽略，家在远方的时候则会让我们刻骨地想念。有家的地方就有爱，就有走不出的牵挂。家是人脆弱时的依傍，艰难时的支撑，失意时的慰藉，是欲说还休的真情渴望。家会有吵闹，会有摩擦，甚至会有伤害，但无论如何人都走不出对家的想念。战国时期的苏秦游说秦国不果，穷困潦倒之余回到家，期盼享受家人的关爱，而等待他的却是妻子的不理睬，嫂子的不做饭，父母连话都不和他讲。受到刺激的苏秦悬梁刺股，发奋苦读，终于获得赵王赏识，等他再回家时又是另一番场景，父母到三十里外迎接他，妻子不敢正视他，嫂子更是匍匐在地请罪。以前总感叹苏秦家人的势利和亲情的淡薄，现在想来这可能是别样的爱，也正是这样的爱才促成了苏秦的成功。无论是落魄的苏秦还是富贵的苏秦都甘愿回家，那是因为家中总有爱的存在。

宋代诗人汪元量的《望江南》云：“永夜角声悲自语，客心愁破正思家。”家是每一个远行在外者心灵的绿洲与羁绊，自《陟岵》以来思乡怀家就成为一道永远扯不断的风景线，在我们心底荡漾。

参考书目

1.（清）阮元校勘:《毛诗注疏》，中华书局，1980年版。

2.（宋）朱熹:《诗集传》，上海古籍出版社，1980年版。

3.（清）姚际恒:《诗经通论》，中华书局，1958年版。

4.（清）马瑞辰:《毛诗传笺通释》，中华书局，1989年版。

5.（清）方玉润:《诗经原始》，中华书局，1986年版。

6. 闻一多:《闻一多全集》第3、4册，湖北人民出版社，1993年版。

7. 周振甫:《诗经译注》，中华书局，2002年版。

8. 程俊英:《诗经译注》，上海古籍出版社，2004年版。

9. 陈子展:《诗经直解》，复旦大学出版社，1983年版。

10. 陈子展:《诗三百篇解题》，复旦大学出版社，2001年版。

11. 扬之水:《诗经别裁》，中华书局，2007年版。

12. 张启成:《诗经风雅颂研究论稿》，学苑出版社，2003年版。

13. 李炳海编著:《〈诗经〉解读》，中国人民大学出版社，2008年版。

14. 李山:《诗经的文化精神》, 东方出版社，1997年版。
15. 王巍:《诗经民俗文化阐释》, 商务印书馆，2004年版。
16. 向熹:《诗经词典》, 四川人民出版社，1986年版。
17. 任自斌、和近健主编:《诗经鉴赏辞典》, 河海大学出版社，1989年版。
18.《诗经三百首鉴赏辞典》, 上海辞书出版社，2007年版。
19.《诗经鉴赏集》, 人民文学出版社，1986年版。
20.〔德〕黑格尔:《美学》, 商务印书馆，1979年版。